U0024124

爾虞我詐

康逸藍

自序

窺見人生虛實

看小說，我愛；寫小說，沒想過！

但是，隨著我在文字世界遊走，有些題材似乎不容易用散文或童話表現，於是我採用小說的形式來寫。當然仍是「隨興」且「隨性」的態度，作品並不多，篇幅也都不大。

真正比較用心寫，首要感謝林煥彰老師的鼓舞，在他主編曼谷《世界日報‧湄南河副刊》時，提供作者一大片自由的園地，讓當時寓居曼谷的我，勇於做不同的嘗試。林老師特別鼓勵大家寫「極短篇」或「最短篇」註，因此我寫了一些。此外，還有一個小說版，可以容納較大的篇幅，我也就不給自己設限，放手寫些稍長的短篇小說。

記得有段時期還特別用「如幻」這個筆名發表小說，因為我認為人生虛虛實實，小說也在虛實之間。不過我寫小說多以實筆表現，以我熟悉的語言和形式寫，像個阿嬤在講故事，平平順順一直下去，沒人聽不懂。

本書分四卷，由最短篇，到極短篇，再到短篇，由於3000－20000字都算是短篇小說，短篇再依篇幅長短分為三、

四卷。

　　書名《爾虞我詐》是一篇極短篇的篇名，為什麼選它？一、看起來比較聳動，唬嚨一下讀者；二、年紀越大，越喜歡過簡單的人生，但卻也越了解，世路奸險，人與人之間若有利害關係，多少存有「爾虞我詐」的成分。

　　找個閒閒的日子，泡壺茶，打開這本小書，讓我唬嚨一下吧！若有高見，也請賜教！

註：

　　「最短篇」的形式，最好在200－300字之間，要有角色、有事件、有衝突、有結局，而且必須是小說，很難！我不揣淺陋，做了一些嘗試。

康逸藍
2007仲秋
于淡水水月居

卷二　極短篇　033

卷三　短篇（一）

卷四　短篇（二） 201

卷一　最短篇

鶼鰈情深

不知道從什麼時候開始，他們這對老夫老妻幾乎形影不離，羨煞不少朋友。尤其是退休後，更是出雙入對，雖然沒有年輕人那股熱情勁，牽手擁抱什麼的，但是看得出來，他們非常關注彼此的一舉一動。

有個朋友忍不住酸酸地用一句「鶼鰈情深」誇他們，只聽見先生沒好氣地說：「她呀，從年輕時代就愛亂買東西，現在有卡可以刷更不得了，不隨時看著她，我們家會破產！」

「哼，他才是好色鬼哩，我一不盯著他，他就到處把美眉了。」太太由齒縫蹦出這句話。

孝親月逸聞

「哥，你後天能不能帶媽去看病，我有重要的事怕走不開。」

「不行啦，我也有很重要的事！」

「什麼事那麼重要？媽說你很久沒去看她了，她大概滿想你的。」

　　「我有空就會去看她嘛！我後天要帶我兒子去參加一個孝親月的活動，這個活動很有意義，老師是看得起他才派他去的。媽看病的事妳比較熟，妳想辦法把事情排開啦。」

　　狠狠按掉電話，素卿自言自語：「你這種人還配去參加什麼孝親月的活動！」

祈禱文

　　菩薩啊，信女汪曉湄在這裡祈求，祈求我先生的事業不要太發達。菩薩，祢一定很奇怪，唉，我也不想詛咒他，可是我實在不想要這個賺很多錢，卻每天帶著銅臭酒臭還有香水味口紅印三更半夜才滾回家門的丈夫。我想要那個會陪我煮飯散步看電視管小孩的丈夫，我真的很後悔鼓勵他一直衝事業，我以為他如果賺大錢我們會比較快樂。菩薩，我真的不是壞心，請你讓我的願望實現吧！

天使般的歌聲

曾經，她迷戀過他那天使般的歌聲，那種繞樑三月，不似在人間的歌聲。

現在，她痛恨這歌聲，因為天使般的歌聲，不能紓解她蠟燭兩頭燒的勞累，不能換來孩子的奶粉、衣服。

他不懂，現在只要他一開口唱歌，她就歇斯底里罵人、摔東西，他好懷念她迷戀的眼神。他想，走出這一扇門，多的是那樣迷戀的眼神。於是，他走了，一路哼著如天使般的歌聲。

明兒個再說！

他的口頭禪是「明兒個再說！」，要他換個燈泡，他說：「明兒個再說！」

要他把音響送修，他說：「明兒個再說！」

要他為大家煮他拿手的酸辣麵，他說：「明兒個再說！」

她知道這句話的意思，就是無數個「明兒個再說！」。

她最氣的是，當死神找上他時，他為什麼沒有跟死神說：「明兒個再說！」

手機鈴聲響起

捷運車廂裡死氣沉沉，放學的、下班的人們一臉疲憊與睏意。

忽然，手機鈴聲響起，震天嘎響般，許多人醒覺，急著摸口袋、翻皮包，拿起手機準備接聽，卻紛紛頹然放回。最後，一個阿婆漫悠悠打開手機，大聲說：「乖孫仔，我的手機一叫，就有很多人以為是他們的手機在叫，趕快拿起來聽。乖孫仔，你沒有騙我，你幫我換的這個手機鈴聲，真的很流行，呵呵呵……」

捷運車廂裡，放學的、下班的人們一臉的疲憊與睏意，被阿婆呵醒。

無人接聽的電話

她喜歡在他上班的時候，打電話到他的住處，讓鈴聲響在寂靜的斗室，讓她熟悉的桌子、椅子、衣櫥、書櫃，還有那張充滿甜蜜的床聽到。她相信它們會想念她，因為她曾經視它們為己有，用全心的愛擦洗、摩挲它們；她相信它們一定會用心傾聽鈴聲裡，她寂寞的呢喃、無盡的思念。

　　這一天，她習慣地撥通電話，習慣地讓鈴聲響著，她閉著眼重溫一幕幕的甜蜜的往事，突然傳來一個女人問：「找誰啊？」聲音有些慵懶、有些不耐煩，她急忙放下聽筒。這組熟悉的號碼，必須從記憶庫Delete了。

　　斗室有人填補了她的空缺。

青春小鳥飛走了

　　喘著氣跑進臥房，把自己脫個精光，對著穿衣鏡打量。是不該再自欺欺人了，一直活在他心中的青春小鳥真的飛走了，只留一副鬆垮、猥瑣的臭皮囊，在美眉面前鬧笑話。

　　想當年鶯鶯燕燕繞著他飛，他身上的青春小鳥都能游刃有餘。可惜那時總礙著糟糠，只能偷偷摸摸。好容易糟糠走了，晚來的自由讓他有重生的喜悅，才準備釋放青春小鳥出牢籠，誰知道牠已然飛走。

　　今天，在西門町，美眉掩嘴竊笑他的徒然，他羞得丟下鈔票開門蹣跚跑走，聽到門裡笑聲爆開，彷彿氣太足的汽球陡然爆破。

寫故事的人

他很會寫故事，他擅於挖掘與編綴，即使是尋常小人物，他也可以為他們寫下有血有淚的故事。

瀏覽架子上一本本故事，他不禁為自己喝采。多少人的生命因他而發光發熱，留下不朽的足跡。

有一天，他覺得也該寫寫自己的故事。可是，他發現自己沒有故事可以寫，原來他這一輩子都活在別人的故事裡。

寒流來時

「低溫特報：強烈寒流來襲，西部沿岸地區的養殖業遭受嚴重損害，養殖業者無語問蒼天……」配合一片蒼茫大海、天地瑟縮的畫面，新聞主播字正腔圓地報導，語氣略帶悲憫。

這一廂豪宅裡的貴婦聽到低溫特報四個字，心中早已掩不住喜悅，打開衣櫥，拿出新買的貂皮大衣摩挲著。前天她還跟老公嗔怪今年暖冬，那件貂皮大衣白買了。這一來，晚宴可成了她的伸展台，她開始計畫搭配的行頭。

年夜飯

五菜一湯齊整地擺在桌上，兩副碗筷靜靜躺著。老婦喃喃說道：「老伴，今年兒孫們都忙，上班的上班，上學的上學，在別人的國家沒有咱們的年假，所以都沒辦法回來過年。他們要我幫著問候你，我就煮這些簡單的年菜，希望你別嫌少，來，吃吧！」

老婦動起碗筷，她的話語似有回音，在屋子裡迴盪。

還有一副碗筷的回音，在屋子裡迴盪。

牆上，那一幀遺照，含淚聆聽著徘徊不去的回音。

在乎

曾經，她在乎他很多，在乎他心裡是否只有她？在乎他是否能養家活口？在乎他是否步步高升？在乎他是否健康無恙？

若干若干年後，這些在乎都可以不在乎了，看著他佝僂著九十度的身軀，她只在乎他死後，怎麼裝進直溜溜的棺材？

搶

她打開車門，把一大堆袋子往後座丟，嘴巴吹出一聲勝利的口哨，那是她本著「快、準、狠」的手段搶購來的。每年的換季大拍賣，她總是把採購當成大事，買回來物超所值的衣物，這樣每一個季節，她都可以像模特兒一樣，展示她的戰利品。

她搶的功夫不僅止在採購上，生活中能搶的她絕不落人後，就像現在，眼前一個黃燈等著她搶，她加踩油門，全速通過十字路口。

不幸，有人跟她一樣凡事搶，他們的車撞在一起。車門被撞開，換季拍賣搶來的衣服四散，可惜，她的生命不再換季了。

攬鏡

她和相館的店員吵起來，為了換身分證她才來照相。照片裡的她跟鬼沒兩樣，真搞不懂技術這麼差，來照相的人還那麼多。店員無奈地準備寫單子讓她重照，旁邊一名顧客看了照片一眼，大剌剌地說：「她就長那個樣子，要照多美啊！」

　　大家都沉默下來，只有那多嘴婆吐著舌頭。她惡狠狠瞪那多嘴婆一眼，抓起照片逃出那扇門。

　　回家後攬鏡一照，鏡子裡有個鬼瞪著她。自他走後，她沒照過鏡子，沒好好看待自己。連他都不認識她了，難怪，他再也不到夢裡來。

偶像

　　打開舊報紙，剛好是影劇版，花花綠綠的明星照片特別多，他平常根本不會多看一眼，因為不認識半個。可是他看到一張熟悉的臉，那是兒子的偶像，房間裡有張大海報高掛，牆上貼滿大大小小的宣傳照，還有偶像肖像的T恤、馬克杯等等。偶像來臺灣，兒子一定去接機，演唱會一定買前排的票。偶像的身家資料也瞭若指掌，緋聞更是津津樂道。而且，不能在兒子面前說一句偶像的不是，免得他為捍衛偶像而翻臉。

　　他這個老爸算什麼？生日，不記得；嗜好，不知道；工作累不累，沒感覺。充其量是台 ATM，沒錢了來按幾個扭。哼，偶像，今天你就好好給我躺在地上，我家小黃會在你臉上屙一坨熱呼呼的屎。他感到一絲絲報復的快感！

慶祝

麵包店伙計甲：「老闆，隔壁麵包店慶祝新開張，麵包、蛋糕全部打八折，生意好得不得了，我們的客人都被搶光光了，怎麼辦？」

老闆：「笨蛋，我們也來找個名目慶祝不會！」

伙計甲：「現在沒有什麼節日，週年慶又還沒到……」

伙計乙：「笨蛋，就說是慶祝隔壁麵包店開張，我們打個七五折好了！」

老闆、伙計甲、丙、丁：「＃＆＊◎※？」

選擇

站在橋中央，將要成為前夫的男人一逕催促：「老大還是老二，快點選！」

她望向橋的兩端，兩個孩子都用疑惑而期待的眼神望著她。她知道不管選哪一端，她的生命都將被割裂。

二十多年前，母親扮演第三者，東窗事發，她面臨相同的選擇，橋的兩端是父親母親，那時她不懂，當然往天天看得到的母親這一頭跨。後來才體會，當她跨出步伐時，生命已不完整。

　　她毅然爬上橋的護欄，往前看、往下看，想看自己有沒有第三種選擇？

惡夢

　　他又做了個綺麗的夢，一醒來趕緊叫醒太太，把夢境說給她聽，當然夢中的女主角也換上她。據他的經驗，醒來若不把夢境敘述一次，他就會忘光光，也就無法說給真正的女主角聽。看著她陶醉的模樣，覺得她真蠢、真好騙！

　　「啪！」他自惡夢中被打醒。

　　「你好像做惡夢，一直痛苦地叫著，搖也搖不醒，我只好把你打醒。」她無辜地解釋。

　　他承認他做了惡夢，不過他沒有說出夢中那個眥睚裂嘴的惡婆娘是她！

工作績效

　　坐在燈下，他為這一週所做的事做個紀錄：被老闆召見兩次，因為企劃案寫得不錯；找到一個新客戶，還和兩個舊客戶

談成兩筆大生意；幫一個朋友搞定一件業務糾紛；去健身房兩次（為了看那個新來的櫃台小姐，多去一次），去探望母親兩次（有一次還超過一小時，陪母親在安養院的花園散步）；讓兒子來住兩夜（因前妻出國，所以多住一夜，下次出國渡假時記得要回來）。

工作績效這麼好，難怪覺得這一個禮拜特別忙，明天一整天空下來，做什麼好？好，就這麼辦，先睡到中午，養足精神，下午再上一趟健身房！他很滿意自己的安排，關了燈上床睡覺。

憤怒

聽說廣場上有人民的抗議活動，住在廣場附近醫院的他，隱約聽得到鼓譟聲。父母親要他專心養病，絕口不提那事。可是看護、志工聊得很起勁，來龍去脈他都知曉。

聽說為了表示人民的憤怒，紅色成了重要象徵，那會是怎樣的景象？生病這一年來，觸目所見都是白，連父母的臉色都白。

他一直被呵護著，二十四歲了還是個任性不懂事的大男孩，直到生病了，他才開始思索生命的價值，但他的世界已被禁錮，他似乎沒有機會證明自己存在的價值。

　　鼓譟聲終於突破禁錮他的藩籬，他悄悄離開那一片白的世界，潛入一片宛如紅色浪濤翻滾的廣場，他的脈搏有了一些激昂，蒼白的他，用最後一分力氣咳出一口鮮血，呼應了群眾的憤怒。

雙人病房

　　雙人病房裡有一臺電視，高高地架在兩張病床中間。

　　病人甲與病人乙口味大不同：兩人都是政治狂熱者，新聞頻道的選擇卻是南轅北轍，堅守立場，為了避免傷和氣，選個運動臺吧！還好兩人也都熱中運動，可是一個喜歡看小白球高高飛，一個喜歡看棒球在場上衝闖，兩人常趁對方打盹時偷換臺，搞得心裡不爽。看戲劇臺好了，偏一個愛看本土劇，一個非洋片不看。

　　於是，電視關掉，兩人大眼瞪小眼。某個假日，諸親友來訪，大人們天南地北聊開了，雙方的小朋友，正津津有味地共享一個卡通節目！

背叛

　　一生中，她有多次被背叛的經驗，每個背離她而去的人，都帶走她生命中的某個部分，無可彌補、無可取代的部分。

　　曾經以為自己已被掏空，再也沒有什麼可以背叛她。再度被背叛，以一種她沒經歷過的方式，痛楚自胸腔出發，由內而外，而四肢……那些曾經的背叛一一被喚醒，幾度的痛不欲生，如今想來，都不值得有恨了——既然自己都可以背叛自己！

　　她選擇寬恕，寬恕每一次的背叛。她在心裡一一和他們告別，最後，她說：「再見，我親愛的左乳房。」

木魚

　　他的頭漸禿，乍看像個肉身木魚。她日日夜夜對他的叨唸，好似虔誠的出家人，日日夜夜敲著木魚唸誦——阿彌陀佛、阿彌陀佛、阿彌陀佛……。

　　然而，她所有的叨唸可以提煉為這句咒語：去賺大錢、去賺大錢、去賺大錢……。

　　有一天，肉身木魚被她敲得靈驗了，真的為她賺了許多錢——火焰中熾然的紙錢。

口紅

　　總是素顏的她很少佇足在化妝品專櫃，今天為了幫女兒換東西，來到專櫃。週年慶過後的專櫃冷清極了，專櫃小姐不想放過她，推她坐在高高的化妝椅上，手腳麻利地在她臉上塗抹。

　　她有點疑惑但沒有機會說，小姐忙著分析她的皮膚，和介紹各種保養品。完了拿鏡子在她面前，說：「怎麼樣，大姊？」她一臉驚懼，因為鏡子裡的她半妝半素！

　　「大姊，我是為了讓妳比較才化半邊的，妳先來選擇需要的保養品，我待會兒幫妳畫另一邊臉。」

　　她看了價錢，猶豫良久，最後挑了一支口紅（唯一下得了手的）。小姐的臉色很綠，她匆匆付錢走人。走在人潮中，那張「陰陽怪臉」惹來不少注目禮！

白髮梳

　　在某個特殊機緣下，他得到一支神奇的白髮梳，可以直接把白頭髮梳掉。

　　每天，他努力梳下白髮，並且對白髮梳神奇的力量讚嘆不已，梳髮成了他的樂趣。

某一天，他驚覺再也梳不出白髮，是的，白髮梳可以功成身退了——對一個禿子而言！

替身

他是一個優秀的替身，拍片時出生入死，為明星們打造螢幕上的英雄形象。做為一個幕後英雄，他其實看不起那些惜命的明星，有些動作一點難度都沒有，他們也怕「萬一」而由替身上場。

不過也因為明星怕死，他上場的機會多，待在片場的時間也長。有一次，某導演仔細端詳他一番，說：「小陸，哪一天來試鏡，你挺有明星相。」

長年在鏡頭下討生活的他，試鏡並不困難，只不過不必再用背影對著鏡頭。導演大膽啟用他當主角，省下用替身的麻煩。

他紅了，也躋進明星之流，身價水漲船高。這時他開始思考動用替身的必要性。

主角

　　終於要當主角了，一大早在彩妝師的塗抹下，她感覺自己像天鵝，而今天她會是最重要的角色。姿色、才華都很平庸的她，從來不曾是焦點，今天是她大喜之日，老早警告姐妹淘們，千萬別搶了她的丰采。她們笑說：「新娘最大，誰敢！」

　　曳著長禮服，由新郎和媒婆攙扶上臺，等著主持人把大家的注意力放到她身上。可是，一個一個貴賓上臺，自吹自捧，最後不忘說一句：「拜託拜託，請將神聖的一票投給我，×號候選人！」

　　原來今天的主角仍然不是她，誰叫她把婚期訂在選舉前夕！

戒指

　　她的指頭和她的人一樣，喜歡自由自在，不受任何拘束。

　　當他把戒指套進她的中指時，她感到極度的不適應。但是為了表示對婚姻的信守，她忍著。一日一日過去，她習慣了。若干年後，戒指嵌入她的生命，成了她的一部分。

　　直到他變心求去，她拿掉戒指的指頭，卻不識自由自在的滋味了。

名片

店員：「先生，您的頭銜如果都排上去，名字就會變得很小。」

顧客推推老花眼鏡：「我看看，嗯，是小了點。」

店員：「您要不要考慮拿掉一兩個不重要的頭銜？」

顧客面有慍色：「我這些頭銜都很重要，名字小一點沒關係。」

店員把密密麻麻的頭銜讀下來，心裡嘀咕：「都是些鳥頭銜，想來他的名字也不甚重要！」

年輕

「妳越來越年輕了！」她發現周遭的人開始對她讚美，起先以為是客套話，聽多了自我審視一番，果然比以前有精神。

e 世代的女兒有自己的想法，許多衣服還八成新就不穿了，節儉的她實在不忍心把它們丟掉。挑了幾件穿，剛開始還怕別人笑，發現別人穿著都年輕化了。習慣以後，連帽子、圍巾、背包這些配件也上身，走起路來背脊竟然挺直些。

原來年輕可以從「資源回收」開始！

密碼

「請輸入密碼。」插入提款卡後，出現操作的電腦語音，他腦中卻突然一片空白。

為了防止被盜領，他的每一張提款卡都設定不同的密碼，而且避免和身分證字號、生日、電話號碼相同。原本他很自豪於過人的記憶力，可以像電腦一樣存、取不同的號碼，可是這一刻，頭腦「當機」，空白之後浮現一堆亂碼。

「媽的，又沒多少存款，防得自己都領不出錢來！」他對自己咆哮，決定把密碼統一。

遛人‧遛貓‧遛狗

黃昏時，公園熱鬧了起來，菲傭推著輪椅上的老人群集，快樂地以家鄉話交談；老人們一致神情呆滯地望向遠方。

貴婦們則推著嬰兒車，車上的貓狗穿衣戴帽，人模人樣且貴氣十足。貴婦們嗲聲嗲氣談著自家的貓兒狗兒，交換一些寵物情報。

遛人、遛貓、遛狗同時在公園進行，夕陽把大家的影子拉得長長的。

狗戀‧狗鍊

第一個男友愛狗成痴，她愛他及狗，甚且成狂。吵架後，她留狗不留人。

以後每交一個男友，她就再養一條狗。分手時，總是人去狗留。

終於，狗多到需要點名，遛狗時不同的鍊子串起她不同的記憶。

圓夢

「太太，您又來幫孫女買衣服啦？」店員看到她來，眉眼都堆滿了笑，知道今天業績鐵定紅不讓。

「嗯——」她照例不多話，仔細地挑衣服，彷彿一位慈祥的祖母。

其實她哪來的孫女！一生為了拚事業，錯過了婚姻的黃金期，就不刻意去求。

一個人過也不錯，任她享受大半生努力的成果。

想到年輕時身材窈窕，卻買不起好衣服，眼尖的店員看出她的寒酸，還常給她白眼。現在她定期來專櫃血拚，圓她年輕

的夢想，儘管身材已經發福，滿櫃子的美服讓她的快樂在年輕定格。

換床

終於把那張笨重的雙人床換掉了，在他離開一年後。換上輕巧的單人床，臥室的空間大了許多，終於可以擺放一張夢寐以求的書桌。

沒有書桌的家讓她感覺無所歸屬，只需要電視和電腦的他從來沒有懂過，他總說女人家要書桌做啥，真要寫那些撈什子玩意兒，餐桌就夠了。

曾經，沒有他的雙人床讓她的心跟著空洞，生活得虛虛浮浮。

坐在書桌前，心陡然踏實，看來換床不只是空間的改變。

生日卡

生日前一個月，就紛紛收到許多店家的生日賀卡，原本不太在意生日的她，也被這些關懷醞釀出過生日的氣氛。

這些生日卡都印得很精美，除了祝福的話，還會把他們店裡所有優待壽星的好處都陳列出來。她把各家店的卡片排一排，盤算著，可以用優惠的價格，把自己從頭到腳添購一套新行頭。

當她不再由親人手上接到生日卡，這些商業性的生日卡，以某種方式證明了她存在的價值。

上帝的存在

聖誕節的歌曲從每一家商店傳出來，一片歡樂景象。對於拾荒的老夫妻而言，到處閃爍的小燈泡，並沒有幫他們驅走身上的寒冷。

聖誕過後，街道有狂歡後的蕭索，老夫妻推著車，帶著陪伴他們的流浪狗在街巷裡尋寶。流浪狗東聞西嗅，從一堆垃圾裡咬來一袋東西。

老太婆把袋子打開，取出一套九成新的聖誕老公公服，紅豔豔的色調洗亮了老夫妻的眼，他們當場穿戴起來。老太太穿著上衣，褲子長由老頭子穿，帽子就讓發現的狗狗戴著。

誰說上帝不存在？雖然他們並不認識上帝。

卷二　　極 短 篇

永不凋謝的容顏

闊別二十年的傳統市場，依舊是「人潮擠擠」，長年寓居國外，我成為超市的常客。很懷念傳統市場這種攤子櫛比鱗次的組合方式，還有人潮湧來湧去的感覺。每次回來都匆匆忙忙，無法圓夢，這次陪兒子回來參加暑期僑生營，我總算有閒情來逛這個熟悉的地方。

有些攤位已經改頭換面，有些攤位卻二十年如一日，賣同樣的貨品，同樣的老闆、老闆娘，只是歲月都在他們身上刻下痕跡。我又何嘗不是經歲月的改造，現在整條街似乎沒有人認得我，記得以前跟媽媽買菜，他們都誇我「水噹噹」哩！

我貪婪地瀏覽貨品，瀏覽每一張交錯而過的容顏，彷彿瀏覽一條時間的河，真是歲月不居啊！

突然，時間的河似乎停格，我看到一張二十年前非常熟悉的容顏。我脫口叫：文秀！她怔怔看我一眼，始而疑惑，繼而喏喏地輕喊：念慈。我們都怕叫錯對方，幸運的是，我們都沒認錯。想當年，文秀和我都是別人公認的美女，她以美艷取勝，我則氣質略佳。二十年過去，我的氣質被受老公、兒女的氣所取代，她卻美艷依舊，幾乎不改當年，只是神色上有一種我說不上來的感覺。

我們原本是無所不談的閨中密友，卻因愛上同一個男孩子而疏離，後來我們都沒有嫁給那個男孩子，但我們之間的友誼

之橋卻再也搭不起來。年歲漸長，也想過要若無其事地找她談談，卻都可以找到理由不去行動，不知她是否跟我一樣⋯⋯

「念慈，什麼時候回來的？」她竟然知道我出國。

「上個禮拜回來的，文秀，你一點都沒變，真的！」

「是嗎？」她丟給我一個苦笑。

一陣沉默，我們之間的藩籬好像一下就跨越過去，可是有另一道藩籬新成，畢竟二十年未見。

她看看錶，說：「我帶妳去一家雅致的咖啡屋吃飯。」

三彎兩拐，傳統市場的喧囂隱去，我們已落坐在一家幽靜的咖啡屋。

她問了些問題，我這二十年的經歷就概括在這些問答中。奇怪的是她不太談她自己，長年居住國外的經驗，我不好多探問。

我刻意找個輕鬆的話題，說：「妳是怎麼保養的，二十年怎麼像昨天才和你分開一樣；當然，如果我面對鏡子，就可以實實在在感覺二十年已經過去了。」在和她對談這當兒，我一直研究她是否利用先進的美容術留住青春，但是，看來看去，看不出有做過，而且她素著一張臉，沒上任何妝！

她臉色異樣沉沉地回答：「十六年前，我那兩歲多的兒子，在市場裡走失了，我要把他找回來，但是我要讓他認出我，認出我是他親愛的媽媽。我每天都去市場找他⋯⋯」兩滴清淚在她那永不凋謝的容顏上滑落。

而我，張著口，望著她，說不出話來⋯⋯

爾虞我詐

安娜笑盈盈地迎進志仁，替他寬衣。

「你太太衣服燙得真好，穿了一天還是這麼平整，我真想向她學學。」

「當情婦的哪需要燙衣服，別再說傻話了。」不知從什麼時候開始，每次約會，安娜就拿這句話開場白，志仁也以這句話回答。

台詞有點老掉牙，彼此的關係也有點老掉牙，志仁對這每週一次的約會，有點乏了。

安娜其實是情婦的模範生，一位成熟的獨身貴族，有自己的小套房。當初兩人在眼波互相放電的時候，志仁就表示自己已是「使君有婦」，安娜聳聳肩，表示不在乎。他想女人一開始總是這樣，不要名分，不要金錢，時日一久卻什麼都要，只是他總有一套兔脫的辦法。

前天在電梯裡邂逅那位令人驚艷的女子，志仁的心魄已失去三分。小陳打聽到是樓上那家公司的新秘書，不過他聲明：公平競爭！憑小陳那副猴相，志仁知道勝券在握了。眼前安娜的味道，竟有點餿。也許是該結束的時候了，他機械式地跟著安娜的節拍走。

砰！砰！砰！又急又響的敲門聲，這是一棟誰也不管誰的出租套房，不會有鄰居來串門子。志仁和安娜的動作嘎然而止，面面相覷。

「會不會是火災？」安娜說著，抓條浴袍匆忙披上，把門打開一條縫，但旋即被一股力量推開，安娜失聲叫道：「阿富——」跟在阿富後面的是警察。

志仁怎麼都沒想到自己會吃上「妨害家庭」的官司，他挑的可都是單身女郎啊！交往近一年，安娜怎麼看都像是個單身女郎。

不過想想，還是有些蛛絲馬跡，安娜一直很安分，沒有化暗為明、搶名分的動機，且鍥而不捨地想向他老婆學燙衣服的方法。

志仁心底發笑，那衣服是洗衣店燙的。他忘不了最後一次上法庭，安娜那一雙含恨的眼睛如箭般射來，因為她終於知道，志仁根本還是個單身漢！

天機算盡

　　小陸子這個人真不簡單，他生就有兩張嘴，一張嘴抹了蜜糖，一張嘴含著殺蟲劑。前者在人前使用，後者在人後使用；前者也用在對他有利的人身上，後者也用在對他不利的人身上。他靠著這兩張嘴巴，混了幾十年，越來越爐火純青。

　　小陸子這個人有一套生活哲學，那就是：錢多事少。他認為有錢人說話都可以壓死人，錢的力量大無比，因此錢就成為他一生窮追猛攻的目標。屬於他份內的錢，一個子兒也不能「漏失」掉，不屬於他份內的錢，也要想盡辦法變成他名下的錢。他自有一些「移花接木」的高招，例如說專用公費買一些辦公室根本用不到的東西，在同仁們不著意的當兒，那些東西已喬遷至他家了。舉凡差旅費、子女教育補助費等，該報的他必報，不該報也會巧立名目去報。

　　至於事少方面，他施展的是推、拖、拉，反正「一賴天下即無事」，別人說他，他頂一句：「反正我就是這個樣子！」一副「你奈我何」的癩子樣。當然他演技一流，總在重要人物之前，不斷重複：「我的工作好多，我好累好辛苦。」這一類的台詞。

　　小陸子這個人還是天生的說謊者、吹牛家，明明準備到長官跟前拍馬逢迎，還可以電告同仁，說他正帶著妻小，漫步在數百里外的海灘；明明只是跟一般人物吃飯喝酒，他可以憑空

吹噓出幾個有名有姓的人物……。如果他的謊言被拆穿，他可以「理歪氣壯」地反咬你一口，說你不信任他，特別調查他、找他麻煩。你不得不感嘆，秀才遇到兵，還只是有理說不清，秀才如果不幸遇到瘋子，有理也變成無理的了。

最近公司空出一個前途無量的好缺，許多同仁都磨刀霍霍。小陸子畢竟不是個簡單人物，他擬好一份戰略，把實力堅強、野心大的人歸為第一線敵人，較不具競爭力的歸為第二線敵人，只有少數人被他歸為毫無競爭性的廢人，這類人毫無威脅，可以置之不理。他先是有意無意在主管面前捏造第一線敵人一些合該天誅地滅的罪狀，再利用機會挑起第二線敵人對第一線敵人的戰火。他冷眼觀戰，等著他們廝殺得哀鴻遍野。這當兒他也沒閒著，抹著雙層蜜糖的嘴盡往主管跟前去討好。

小陸子畢竟是個不簡單的人物，一切似乎都照著他的佈局走，連主管的家眷都打點到了，只等著主管夫人枕邊的美言，一路送他飛上寶座。

終於「肥缺有主」了，金榜題名的竟是「廢人」之一。

小陸子真真不服氣，憑一個廢人，竟會讓他的神機妙算「破功」！

老祖母的心願

操場上萬頭攢動，健行的人大概都走完了，大家忙著找個好位子，要等摸彩活動。在這個空檔，大家也沒閒著，找小孩的、吃零嘴的、和親戚朋友寒暄的……，小鎮上的人好像都聚攏來了。

每年十月鎮上都會有幾次大規模的健行活動，分別由幾個大機構主辦，鎮上的人也都很捧場，扶老攜幼來參加，一方面大家喜歡在國家的重要紀念日出來走走，一方面主辦單位提供的摸彩獎品也挺吸引人的。

張家老祖母又在兒孫的簇擁下，緊張地吩咐孫兒們，要把摸彩券的存根保管好，免得中了獎卻領不到。老祖母已經六十好幾，身體還挺硬朗，她沒有一次放過，心裡很想為孫子們摸輛腳踏車回去。其實獎項很多，從毛巾、香皂到電鍋電視都有，可是大家最渴望的，總是那幾輛腳踏車。老祖母兒孫滿堂，孫子們一上了小學，都會要求買輛腳踏車，老祖母每次都暗中求神，讓她中輛腳踏車給孫子騎，可是這個願望一直落空。好幾個孫子都長大了，她還是沒盼到，還好她孫子多，總有那麼一兩個長到正想要腳踏車的年齡。老祖母也就年年抱著這個希望，歡天喜地參加健行。

司令臺上擺了好多獎品，當然最耀眼的還是那幾輛名牌跑車，尤其是年輕人，恨不得騎了去兜風！臺上已經宣布要開始

摸彩了，照例是請一些有頭有臉的人，講講話，順便摸個獎。也照例是從最小獎開始，這時候人們的心開始溫熱，隨著獎項變大，氣氛就沸騰起來。終於到了腳踏車這一獎了，很多人在心中祈禱，老祖母不放棄最後機會，猛求她心中的神。一個、兩個、三個……，每摸出一張，就有一個地方爆出歡呼聲，老祖母瞄一眼拿存根的孫子，沒動靜！就剩最後一輛了，老祖母不禁感慨自己還能健行多少年頭呢？怎麼運氣這麼不通透！

突然老祖母的身旁響起一陣歡呼，是她孫子的叫聲，中了，孫子大叫：「奶奶，是妳的，是妳的。」

老祖母回過神來，驚喜地說：「有沒有聽錯？有沒有聽錯？」

孫子說沒有錯，一群人跑去領獎，老祖母還是有點擔心，會不會是臺上的人看錯了，或唸錯了，還是孫子聽錯了？

好像過了很久，孫子們終於把車子護送回來，錯不了的，老祖母滿足地笑著，臉紅紅的，有點不好意思，她一直向旁人說：「多來幾趟，下回會輪到你們的。」

始終在一旁的長孫，看著祖母那種高興的神態，他感到很安慰，因為祖母一生都在為子孫著想，他身為長孫，終於能為祖母做點事了，家裡誰也不知道，那輛車是他用自己的薪水買的，然後找主辦單位商量……。

回山上蓋大厝

　　明月心中一股悶氣，聽隔壁改建發出刺耳的聲音，氣不斷擴散。原本二層樓的這個老社區，大家紛紛改建，有的幾戶合起來，改成十樓左右的大樓，有的兩三戶合蓋成六、七樓，只有他們家，仍舊是一幢破舊的二樓。丈夫阿松也成了街坊鄰居討厭的對象。

　　這個社區是不錯的地段，建商看好它的發展性，紛紛找大家談。於是簇新的樓房一幢幢聳立，原本保守觀望的人家，也跟著改建。兩旁的鄰居興沖沖來找阿松，全被拒絕。明月看著鄰居和建商悻然，忍不住和阿松吵起來，阿松給明月的理由總是：「將來回山上蓋大厝給妳住。」

　　三十年前，他們為了容易討生活，離開山上老家，在都市租個小房間安頓下來。後來攢了點錢，為了工作和孩子受教育方便，在都市買下這幢兩層樓的小房子。當孩子漸漸長大，當鄰居紛紛搬去較寬敞的新大樓，或合作改建時，明月也三番兩次要求搬家或改建，阿松都不答應。

　　他說終有一天要回山上蓋大厝，獨門獨院三層樓，旁邊有菜園、雞舍、花園、車庫，也許還種些水果。習慣都市生活的明月，並不嚮往這幅藍圖，何況在這裡鄰居相處久了，感情也不錯，彼此有照應。

　　每次阿松在做他的春秋大夢時，明月都回他一句：「回去跟鬼做鄰居啊！」因為山上人口嚴重外流，除了一些老墳，方圓幾里內難得有個活人。阿松每聽到這句話都很惱，但也只顧抽煙，不回話。

　　隔壁老李不死心，常來和阿松打商量，可惜氣氛越鬧越僵，弄得都不太來往，這讓明月更悶。以前無所不談的街坊，看到她也隨便敷衍；更糟的是孩子似乎有意把工作的地點找遠一點，儘量少回來。

　　屋子老，水電管線常出問題，這種小工事兼疑難雜症，根本沒人想來修，阿松自己敲敲打打，抓漏補漏，家裡永遠亂糟糟。光線被四周鄰居新蓋的樓房擋住，房子裡灰暗陰濕，明月感覺自己是住在地洞裡。

　　阿松還是那句老話：「將來回山上蓋大厝給妳住。」

　　明月的確回山上住大厝了，菜園、雞舍、花園、車庫一應俱全，還有菲傭呢！只不過這些都是紙糊的模型，阿松呆滯地瞪著新造的墳墓，香煙燙到手了都渾然不覺。新墓碑上寫著**「陳媽郭夫人明月之墓」**。

讀海

水，波動，映照出一張憔悴而破碎的臉。

心如果也能照影，該會是一副千刀萬剮的模樣吧。她想。

水終將結束一切，一切的不堪回首。

水，波動，無涯無際。

天空像一張破碎的大臉。

人生是一串悲慘的錯誤。

水終將結束一切。

只要眼睛一閉，縱身一跳。

水終將結束一切，一切的不堪回首。

再看一眼破碎的世界吧！她告訴自己。

起風了，浪洶湧，看不到盡頭。

唉，何必遠眺，人生的盡頭就在眼下。

倏地，一隻鳥俯衝，唧起一條魚。

魚，死命掙扎；鳥，死命咬住。

生命的拉鋸戰在茫茫海天之間。

鳥贏了，因為牠沒有放棄過。

魚輸了，但是牠沒有屈服過。

再瞥一眼無涯無際的大海，她走了。

背向那驚濤駭浪。

後生可畏

今天的球場上將有一場龍爭虎鬥。

早來的人，有的正在做拉筋運動，有的迫不及待拿著桿子猛揮。

草地上殘留的露珠，被陽光照得五彩繽紛，戰鬥的氣氛升騰。

「林哥早，林哥今天的氣色真好，很有冠軍相哦！」林彬正做著轉腰運動，後面傳來杜永成的問候。

「早，小老弟，我看你氣色才是好，拿了冠軍別忘了請我喝兩杯。」林彬邊說邊打量杜永成，這小老弟生就虎背熊腰，是高球場上的好手。林彬早聽說他身手了得，但還沒交過手，因為杜永成還是此地社交圈的新人，林彬只在餐會上同桌吃了幾次飯。

社交圈中大家尊林彬為林哥，杜永成挺能「入境隨俗」，每次餐會，左一句林哥，又一句林哥，叫得親切，而且專挑些好話講。有人對杜永成的評價是「後生可畏」，林彬想，指的是他的球技吧！今天有幸球場相會，林彬倒真想見識見識他的球技。

「林哥，要不要賭一下？」球場上賭桿數是司空見慣的事，聽說杜永成「賭性堅強」，賭注也比一般人大。平日三五好友一起打球，大家習慣下個小賭注增加點刺激，林彬沒想到

今天這個正式的比賽，竟有人想賭。賭就賭吧！林彬自恃有點實力。

「好，小老弟，你在哪一組？」

「我在第二組，我剛看了名單，林哥您在第一組，我們比最後總桿數好了。」

「好，一言為定！」

此時哨音響起，一年一度的泰華盃高球賽開鑼了！

球友們大多是熟悉的面孔，今兒個個個摩拳擦掌，一心奪標。

林彬私下與杜永成約好小比，心情更為戒慎恐懼，前五個洞成績都不錯，就是打第六個洞時，球掉進沙坑，一緊張花了三桿才打上來，影響了總桿數，九洞下來是四十四桿。

在休息區遇到杜永成，他們那一組也打完前九洞了。杜永成看到林彬，一個箭步上來，問林彬打幾桿。林彬照實回答，但見杜永成面容得意地宣稱自己打了四十桿。林彬心一沉，江山已去了一半，後九洞非要有好成績不可，即使要輸，也不要輸得太難看。「唉，果然是後生可畏！」林彬心中暗暗讚嘆。

後九洞，林彬更是步步為營，同組的老蔡看出林彬的緊張，笑著說：「林哥，上次那個泰皇盃比賽，也沒看你這麼緊張啊！放輕鬆點，都是老朋友來參賽，誰拿獎盃還不都一樣！」老蔡是個樂天派的，不過他說的也是啊，林彬一向都把打球當成健身、與老朋友聯誼的活動，今天卻因與一個小老弟下注而得失心重，虧他還是社交圈的老鳥呢！

　　經老蔡一提醒，林彬心情放輕鬆了些，後九洞打了四十五桿也不那麼在乎，反正已經輸定了，這正應了「長江後浪推前浪」這句老話，不足掛意。學學泰國人的「哉奄奄」（意指放輕鬆）吧！

　　打完後，林彬進浴室去洗浴，洗完正在吹頭髮時，杜永成進來了，他急著問林彬成績。

　　「小老弟，我後九洞打得更差，四十五桿。你呢？」林彬抱著認輸的心回答。

　　杜永成臉色閃爍，忙說：「林哥，我打得還可以，我看我們今天不要比了。」

　　哇，這小老弟還真懂得「禮讓前輩」，到手的錢竟然不要了。果然「後生可畏」，做人方面有他一套！

　　一場龍爭虎鬥下來，成績好的都神采奕奕上台領獎。

　　頒獎典禮結束，林彬有點納悶，杜永成的成績應該不錯，怎麼沒拿到任何獎？他趁個空檔去看看成績公佈欄，一看，杜永成前九洞四十九桿，後九洞四十二桿，總桿數九十一。原來自己被耍了，真真是「後生可畏」！

好熟的名字

　　吳老師一大早起來，把糖果餅乾擺在小茶几上，察看一下冰箱裡的可樂、汽水，就坐在窗邊，等學生來按門鈴。當了一輩子的老師，退休以來，最快樂的就是學生來找，可以聊很多以前的趣事。

　　吳老師是熱誠、負責的好老師，學生都很喜歡他，畢業了還是常回來找他。他知道學生一年年長大，不見得喜歡吃糖果、喝可樂，但他還是喜歡準備這些東西，在他心目中，他們永遠是小學生。

　　懊惱的是，兒子最近老勸他搬去和他們一起住。退休第三年，老伴走了，這十年來，他一個人也住得好好的。他承認近來的確是健忘些，丟三落四的，有時會迷點路。更令他懊惱的是，教過的學生，以前他幾乎都可以叫得出名字，現在人面還是熟，就是叫不出名字，他只好規定學生自己報上名字。

　　這個家是他的，學生習慣來這裡找他，如果他搬去跟兒子住，只擁有一個小房間，學生來了也不好接待。儘管兒子媳婦都算孝順，他可以在客廳和學生聊，但他想那種氣氛總是怪怪的。

　　「叮咚──」兩個學生來按鈴，看來已是中年人。女學生一進門就先報上自己的名字。可是吳老師竟然說記不得這名字，女學生眼眶紅了，在學時候她是老師的得力幫手，「玉

珊」這名字，老師一天總要叫好幾回。畢業後一直和老師保持連繫，這些年她長住國外，偶爾回國，打電話給老師，總在一聲「喂」之後，老師就喊出她的名字。

她哽咽地講不出話，男同學趕緊報上名字，很響亮的「吳宗孟」三個字，老師笑著說：「好熟的名字，我記得，我記得。」這一來換男同學紅了眼眶，他期望老師來敲敲他的頭說：「頑皮鬼，一點都沒變！」因為他報上的是老師的名字啊！

看來老師的兒子擔憂是有道理的，一個失智的老人自己住，有潛在的危險。難怪他要託兩個得意門生當說客，只是要怎麼勸還不服老的老師，搬離他的王國？

便宜與友誼

　　秀欣一邊喝著珍珠奶茶，一邊看著琳瑯滿目的商品廣告單。她用紅筆仔細勾選想要購買的項目，任何好康的都逃不出她銳利的雙眼。

　　她最鍾情的是「買二送一」、「一包二十、三包五十」這一類的商品，由於她的精打細算加上厚臉皮，她可以買得更便宜。怎麼說呢？例如買兩罐維他命送一把傘，她會邀朋友一起買，至於那把傘，就非她莫屬了；如果是「一包二十、三包五十」那一類的商品，她會邀集兩人來買，一人收他們二十，自己只要花十塊錢，發票她也理所當然自己收著對獎。這種便宜她拿得理直氣壯，因為她花時間蒐集、過濾那些商品型錄，還常常當跑腿的人，她認為這是她應得的，何況他們個別買也沒有那些優惠啊！

　　秀欣很自豪於自己這項天賦，打拚幾年下來，已經脫離無殼蝸牛一族，房子還是一房一廳的格局，羨煞一缸子單身朋友。房子裡的日用品、各種擺飾一應俱全，這些大部分都不是用錢買的，而是靠著贈送品裝點起來。贈送品的質料一般不會很好，但湊合著用，用壞就丟，她的存貨可不少。再說因為競爭激烈，贈送品的品質也在進步中，有的甚至可以當生日禮物送出去。

　　不過，越來越難找到合買的人，他們都推說東西夠用了。而且，她發現朋友對她越來越淡漠，還好她很能自處，窩在自己的小天地裡，享受各種戰利品。友誼是很脆弱的，也容易被取代，最近辦公室來了一個新同事，年輕、熱情，還常買東西分大家吃，有時也幫大家跑腿買東西，也許她也是同一掛的人，精打細算要撈便宜。大家竟然背著秀欣和她合買東西，似乎都被她迷惑了。

　　「鈴鈴鈴──」，秀欣拿起電話，講了好一會兒，慢慢放下電話。是那個新來的同事，她聽說秀欣用的保養品和她用的一樣，百貨公司週年慶優惠，可是要買三組才划算，她已經邀到另一位同事，「二缺一」呢。秀欣想，後繼有人，這份有便宜可貪的工作被攬走了，答應合買，心裡卻有嚴重的失落感。

　　隔天一大早，辦公桌上擺著一組漂亮的保養品，旁邊還有贈送的試用品，而帳單上是三個人平均，除不盡的部分她自己補上去。過不久她跑來告訴秀欣：「秀欣姊，大家都說你比較有偏財運，發票就讓妳對了，中了獎別忘了請我們吃東西。」

　　秀欣驚覺，原來，她不是同一掛的；原來，自己的「友誼」是被「便宜」買走了。

才藝班

「媽媽，我們一起來辦家家酒好不好？」

「小涵，你今天鋼琴彈了沒？」

小涵嘟著嘴打開琴蓋。

※　※　※

「媽媽，我們一起來辦家家酒好不好？」

「小涵，你今天鋼琴彈了沒？」

「彈了！」

「心算做了沒」

小涵嘟著嘴打開心算簿。

※　※　※

「噁——，小涵，媽媽肚子裡有小寶寶了，噁——，不能老陪妳上才藝課，妳不能偷懶喔！」

「媽媽，妳老是頭痛、嘔吐，我要在家照顧你。」

「小涵，媽媽肚子裡有妳的時候，也是一樣，不需要人照顧，妳乖乖去上才藝課，不然會輸別人喔！」

※　※　※

「美雅，昨天，小涵把心算簿帶去鋼琴教室，今天卻帶著琴譜要去上英文，怎麼這麼糊塗？」

「漢生，以前都是我幫她準備的，難怪她記不得。明天我做一張功課表貼在牆上，她就搞得清楚了。」

※　※　※

「媽媽，我現在在電腦教室，已經下課很久了，爸爸為什麼還不來接我？」

「小涵，爸爸已經出去半個鐘頭了，可能路上塞車，妳再等等，別亂跑喔！」嗯——，胃翻滾，鈴聲又起。

「喂，美雅，我是漢生，我現在人在鋼琴教室，鋼琴老師說小涵今天沒有鋼琴課，那她今天上什麼？」

「你真糊塗，她今天上電腦課，你不是才送她去的嗎？嗯——」

「哎呀，我給搞糊塗了。妳怎麼啦，美雅？」

「有點反胃，沒關係。她已經打過電話，我要她在電腦教室等你，趕快過去。」

「天啊！我有健忘症嗎？」

※　※　※

「漢生，醒醒，你送小涵去上書法課吧！」

「呃，好睏，今天是假日耶，別讓小涵去上課。」

「我看是你懶，我要不是為你們王家懷老二，就自己送去。」

「好，我起來就是了，才八歲的小孩，學這麼多東西，也不怕她消化不良。」

「漢生，別再碎碎念，我們不能讓小涵輸在起跑點上」

「我光是接她送她，就已經頭昏腦脹了；而她也上得糊裡糊塗，我看這才是輸人家呢！」

「別囉唆了，那老師是書法大家，住在郊區，快！」

※　※　※

「啊！」漢生大叫，美雅趕來。她一早要小涵趕作業。

只見毛筆掉在地上，墨汁翻倒流了一桌一地，小涵側趴在書法紙上熟睡，還流著口水。

美雅臉色一沉，準備走上前，漢生一把抓住她，小聲地說：「妳看她睡得多甜，不要再讓她趕這些才藝班了，她說她只喜歡鋼琴，我們就保留鋼琴課，其他的讓它們從功課表上消失。等她睡夠了，我們帶她去公園玩。」

「可是，她什麼都不會，以後會輸人家。」

「美雅，小涵也是我的孩子，我最近常和她聊天，我知道她要什麼！放輕鬆點啦，妳什麼特殊才藝也沒有，還不是嫁到我這個好老公！」

「哼！少往自己臉上貼金！」

王不見王

李媛手上拿一本書，心不在焉地看著，不時偷瞄鄰床的王思芃。

這一頭王思芃卻似乎忙著講電話，左手拿手機，右手摀著嘴，小小聲地講，偶而誇張地仰頭大笑。其實她也心不在焉，不時用餘光監視李媛。

「都快凌晨一點了，為什麼她還不去梳洗？」兩人在心中同時犯著嘀咕。

兩張濃妝豔抹的臉，經過一天的會議及晚上的餐會，已露出疲態，可是誰也不願意先把假面具卸掉，在陌生人面前露出真面目。

別說陌生人了，李媛連在自己家人面前，也總是粉著一張臉。要保持這種紀錄，也是滿辛苦的，還好老公和兒子都是作息正常，睡癖特佳的人。她總在他們入睡後才卸妝，而趕在他們未起床前，先一步把自己妝點好。永遠一副光鮮狀！

王思芃一直是單身，大學時代就自己住，所以沒有這種困擾，在人們眼前，也永遠一副光鮮狀！

好死不死，這次出來開會，兩個人被安排在同一間寢室。一進房間兩個人都客氣地請對方先洗浴，誰知各懷鬼胎，誰也不肯素張臉見人。

　　白髮都忍不住冒出來了，臉蛋能光潔到哪裡？染頭酷炫的髮，化上濃妝，乍看還有些風韻。可是長年濃妝，她們自己比誰都清楚，真面目更加不堪示人！

　　兩點半的時候，俯瞰房間的圖如下：李媛的書掉在床下，趴個很難看的睡姿。王思芃的手機被壓在脖子下，嘴歪眼斜地睡死過去了，其實她後來根本是假裝在打電話，只為假裝自己很忙，沒辦法去梳洗。

　　「鈴……」Morning Call。李媛迷迷糊糊抓起床頭的話筒，王思芃也被吵醒，趕緊拎著洗浴包，摸黑衝進浴室，狠狠鎖上門。

　　李媛開燈，看著梳妝台的鏡子，對著殘妝不禁掩面。

　　她關燈，抓緊洗浴包，準備等王思芃一出來，即衝進浴室，千萬別讓她瞧見這副模樣。

　　李媛慶幸會議只有兩天，今晚不必再和這個賤女人鬥法！

人間味

李季雲以為事業一蹶不振之後，人生路也要一蹶不振了！

節節敗退的事業，讓他退居到郊區的小公寓，每天一早搭車進城去奔走，做困獸之鬥，晚上拖著失望疲憊的身心回來。移居美國的妻女，也把產業變賣到勉強維持的局面。一家人都學著過「仙境墮入凡塵」的日子，只等著他東山再起。

李季雲自小錦衣玉食，學校畢業後繼承家業，靈活的手腕加上時運，可以說大半輩子都是扮演叱吒風雲的角色。初嘗凡塵中仰人顏色的滋味，非常錯愕，繼之沮喪。

今早起來，再也沒勇氣按計畫去見誰。簡單梳洗後，他決定到附近的公園走走。搬來快一個月了，每次都匆忙路過，無暇進去看看。

「早！」迎面走來一對老夫妻，笑臉迎人跟他道聲早，那笑容真誠又自然，李季雲忙不迭回聲早。擦身而過，彼此並沒有多交談，可是一股暖流自心底湧出。最近實在看太多冷面孔，回想那些人以前跟他盃觥交錯時，多麼熱絡！

「我老公最不講道理，鬧鐘吵不醒，我叫半天也叫不起來，等他睡飽了，起來就罵我害他遲到。」

「我兒子才氣人，睡晚了乾脆不去上班，在家打電動。」

「我明天可能要請假，我女兒快生了。」

「啊，我要帶我婆婆去看病，我可能也要請假。」

「妳要幫妳女兒坐月子嗎？」

「今天大樂透上看五億哦，要不要湊點錢買啊？」

「我上次跟你說的秘方，趕快弄給你婆婆吃吃看。」

「我老公如果起不來，我就給他掀被子。」

「……」

「……」

幾個清掃公園的婦人，邊掃邊用大嗓門交談，話題接來攏去，毫無章法，她們卻又思路無比清晰一般，一路聊下去。

似乎每個人都在小小的世界裡扮演一個重要角色，無關乎身分地位。李季雲驚覺自己一直活在虛浮的世界，並沒有領略過這種紮紮實實的人間味。同儕間比房產、股票、公司的規模等，賺得一千萬就有賺兩千萬的目標，永遠看不見財富的盡頭。家人也永遠在地球的那一頭，靠先進的電訊設備聯繫感情，很難享受被另一半叫醒的滋味，親情變成捉摸不到的抽象名詞。

幾十年汲汲於營造一座金山，一夕之間金山被剷平，他忽然發現自己肩頭的擔子輕了，一摸下巴，忘了剃的小鬍渣自由破皮而出。

李季雲伸了一下懶腰，他決定寫個e-mail給老婆，請她回來享受人間味。

一隻鞋子

王富順有點忐忑地進門，希望老婆別注意到他穿著一雙陌生人的鞋子回來。

一進陽台，卻發現中午丟掉的一隻鞋子，靜靜地躺在鞋櫃上。

王富順腦門一股血衝上來，腦中一片紛亂，第一個閃過的念頭是：老婆會不會拎把菜刀殺出來？

沒有動靜。或者等他一進門，上演一齣「一哭二鬧三上吊」的傳統戲碼？

沒有動靜。或者老婆已經離家出走表示抗議？

仔細一聽，有動靜了，湯鍋的湯發出「噗噗噗」的滾沸聲，油鍋熱了，菜丟下去炒，鏟子與菜餚齊飛的聲音，另外，熟悉的飯香依舊瀰漫。一切如常！

可是不該如此啊！那隻鞋子不可能自己走回來！

升了主管的王富順，在一個機緣下，得以享受齊人之福。他很知道節制，生活一切如常（包括行夫妻之道），他只在午休時間造訪甜蜜小窩，他自信神不知鬼不覺，很不著痕跡。

今天中午，短暫溫存後，一開門發現鞋子少了一隻，樓梯間上上下下都找不到，她推論是無聊的鄰居惡作劇，這種事在她身上發生過。她還決定要把所有的鞋子放在屋內。

　　可惜決定得太晚。哦，不，老婆能追到人家門口，也可以會同警察破門而入。

　　王富順眼中，老婆是個單純的公務員，二十多年的夫妻，相處模式像一組公式，她似乎很安於現狀，也從不懷疑什麼。

　　忐忑著，王富順準備接受最惡毒的咒罵。

　　可是一切如常。

　　王富順對老婆，不知該佩服還是該害怕。那隻鞋子的事，誰也沒有提起，日子依舊如常行進著。那隻鞋子的位置也沒有挪過，唯一改變的是：王富順再也不敢做齊人之福的夢了。

跟蹤

他說她是他今生最美麗的邂逅，也是最值得珍藏的秘密。

可惜在她生日這一天，正巧是他的結婚紀念日，他，基於道德因素，不能陪伴她。他說可憐的他，在婚姻的泥淖中，這一天，得陪著言語無味，有著水桶腰的妻子，和一對聒噪、靜不下來的兒女。

這一天，她決定以另一種形式來陪伴他，也以那種形式來度過自己的生日。

一大早，她守候在他居住的大樓外。他不讓她知道自己住哪裡，她想盡辦法知道，但謹守自己的分際，不去干擾他的生活。

這一天她刻意做不一樣的打扮，守候著他居住的地方，有絲痛苦而甜蜜的感覺。人進人出，還沒見到他一家人的蹤影。他說，基於道德因素，他會陪伴他們母子出去吃頓飯，逛逛百貨公司。

終於，那熟悉的身影出現了。他摟著一個高駣的女人，後面跟著一對打扮可人的小孩。走在巷道裡，他右手摟著女人，左手牽著小女孩；女人款擺前行，右手牽著小男孩，好一幅美滿家庭的背影圖。

走出大街不久，他們進入一家典雅的餐廳，選了靠窗的座位，開始點菜。她走進附近一家速食店，選一個方便偵查的位子，心裡有許多疑問在攪動。

　　像看默劇一樣，她專心想看一個在婚姻泥淖中的男人，如何心不在焉地應付妻小。可是整個場景不如預期，他們有說有笑，他不時裝鬼臉，孩子笑得東倒西歪。女人頻為家人挾菜，有時也仰頭大笑。

　　飯畢，他從一個精巧的小盒子，拿出一串項鍊為女人戴上，女人回報一個輕輕的吻，小孩一旁鼓掌。

　　簽過帳，他們在餐廳外攔了一輛計程車走了。

　　她在嘈雜的速食店，油膩的薯條令她作嘔。這一趟原該甜蜜而神秘的跟蹤，讓她覺得，真正陷在泥淖中的，是她，不是他。

浪漫期限

她拎著兩只皮箱走進這扇門，帶著一種勝利的姿態。雖然只是一房一廳的格局，但她想兩人世界，這樣的格局剛剛好。他捧著一束玫瑰花迎接她，啊，玫瑰色的人生正等待她來享有。

她似乎還嗅得到另一個女人殘留的氣息，那個女人怎麼也想不到，自己會敗在年紀比較大、結過婚，又生了兩個孩子的女人手下。

感情的事沒道理可講，就像好朋友說她，那麼體貼的老公哪兒去找？何況還有兩個可愛的孩子！

體貼不敵浪漫啊！而可愛的孩子是她週休二日的夢魘，婆婆體諒她白天上班，晚上上課，沒有時間和孩子培養感情，所以週休二日把孩子讓給她。這兩天，就是她和老公互相推諉的日子，永遠搞不定誰該給孩子洗澡、泡牛奶、換尿布？

是他讓她在上班、上課、帶孩子之餘，重新享受單身的浪漫，她毅然決然結束那個無趣的婚姻，背負起愛情的十字架，勇敢走向他。

放下皮箱，兩人纏綣在浪漫的世界裡，把所有的惋惜和責難關在門外。

　　※　※　※

　　浪漫有期限嗎？

　　他開始挑剔她不會理家，床頭、桌上盡是用過的杯子；椅背、櫃子上散落一堆穿過的衣服。他說他的前女友至少把家收拾得齊整些，還會下廚做點家常菜。

　　他早知道煮飯、理家，都是她「前」婆婆的事，他不就是愛她不沾染人間煙火的調調嗎？

　　那時偷來片刻的歡愉，充滿燭光與花語，她以為這些才是她該享有的。

　　再說杯子不是她一個人用的，衣服也不是她一個人穿的，憑什麼要由她一個人來收拾！

　　浪漫沒了不打緊，連體貼都談不上，沒想到相看兩厭的日子來得毫無預警，沒事還拿「拋夫棄子」的罪名扣她，為了他背負的十字架，突然一文不值。

　　再次拎著兩只皮箱，走出這扇門，她不知何去何從？

寫給死黨的信

阿芳：

　　此時，我正品嘗著咖啡，聽著浪漫的音樂，展開這張塵封已久的信紙，一字一字跟妳寫信。

　　你很難想像這一個禮拜以來，我有多瘋狂！我去看了兩部電影，去燙了一個很勁爆的髮型，還把那些強出頭的白髮給挑染成酒紅色；我也去逛了一〇一大樓，順便買了幾套衣服，還配了很稱頭的包包和皮鞋。順便告訴妳，妳二十多年前借我的那本小說，我也把它看完了。

　　看到這裡，妳的嘴巴一定張得大大的，眼睛快凸出來了吧。我還要告訴妳，我家的洗水槽裡，已經堆積了三天的杯盤（事實上我這個禮拜都沒下廚，那是我享受下午茶用的），洗衣籃裡堆著一個禮拜的髒衣服（反正乾淨的衣服還很多），我家的地板也一個禮拜沒擦了，光著腳丫踩在沙沙的地上，挺快活的。

　　看到這裡，妳一定把左手放在心口猛拍（記得碰到吃驚的事，妳都會出現這種慣性動作），我建議妳先喝口水，不過妳一定會急著把信看完對不對？接招吧，我預備邀妳和丫頭，來一次環島之旅，回味當年我們瘋丫頭三人組的快樂時光。

　　妳一定很奇怪，我為什麼能這樣過日子？

　　因為，我把那個超有潔癖、超愛碎碎唸、龜毛到不行，又什麼事都不會做的老公給趕出家門了。

　　終於可以光明正大和妳們約會了，盼早日歡樂出遊！

　　　　　　　　　　　　　　當了二十多年小媳婦的秋上

樣品屋

「好了吧，雅涵，我叫司機先熱車。」

她在鏡子前，對自己做最後的審視，其實她可以說是完美的化身，她自己也知道，但為了讓他更放心，她總是依順地照著他的意思打扮到最完美。

今天他有一個新工地開幕，同時是預售的開始，他和她會領著一批投資貴賓，走進豪華的樣品屋，在裡面擺些優雅卻很居家的pose，讓投資貴賓有動機簽下訂約。

她和樣品屋總是非常搭配，很能拉台聲勢，使第一天的訂單就紅不讓，也往往帶動這個工地的預售業績，因為那些投資貴賓，往往也是一般投資大眾的風向球。

看完樣品屋，好容易送走那些投資貴賓，業務員為她端了一杯雞尾酒，讓她坐在敞亮的窗邊品著。外面，燃過的鞭炮屑散落一地，其他看房子的賓客川流而來，業務員都動起來了。每一桌都坐了人，仔細聽業務員的解說。她一直很佩服這些業務員，口沫橫飛外加生動的肢體語言，讓公司的業績閃亮亮。

她感覺有人在看她，把目光調向獨立的辦公室，他正舉起酒杯向她致意，她從他的眼神中，看到他對她的滿意，也許過幾天，一個漂亮的珠寶盒會從他手中遞過來。

他一直很自豪於自己的慧眼，在她初出茅廬的當兒，一次新工地的開幕典禮中，欽點她陪他進樣品屋，結果她這個業務

員什麼話也不必說，就把銷售氣氛帶起來。事後，他用一個戒指向她求婚，於是，她從麻雀變鳳凰，原本就口拙的她，沒有機會鍛鍊口才了。日後，她也都稱職地扮演帶貴賓看樣品屋的角色。

　　日子算是幸福美滿吧！至少在外人眼中是如此，食衣住行都是頂級的享受，孩子有保母全天候照管，她唯一的工作就是把自己保持在最美的狀態。

　　老公的事業越做越大越忙碌，難得見到影子。只有當新工地開幕，她才能片刻擁有他。啜下一口酒，老公把酒杯擱著，開始在一堆卷宗裡忙。

　　她輕輕歎口氣，望向樣品屋，突然發現自己正是一間完美但沒有生命的樣品屋。

備用鑰匙

他翻遍口袋和公事包，就是找不到鑰匙，該死，一定是早上趕著上班忘記帶出門了。他頹然坐在樓梯間，懊惱地看著家門，已經是這個月第三次忘了帶鑰匙，又得請鎖匠來開門了。

人明明已經在家門口卻進不去，他認真地考慮要打一副備用鑰匙，可是要把那副備用鑰匙放在誰家呢？在腦中搜尋一遍相識者的面孔，他發現在這個號稱有兩百萬人口的城市，他找不到可以託付備用鑰匙的人，一種前所未有的孤獨感升起。自從離家到這個城市打拚，工作上、感情上都遇到不少挫折，可是從來沒有像今天這麼無助過。

不是他不肯信任別人，也不是他有什麼貴重的財物怕人拿走，而是家有一種無形的東西，那是一種相當私密的感覺。請朋友來把家裡搞得天翻地覆是一種豪氣，但當你人不在家卻有人來家裡逡巡，那就像把自己裸露在別人面前一樣，非常不自在。

他也考慮把備用鑰匙放在門口踏墊下，或藏在某個盆栽裡，就有許多人這麼做，都不用擔心鑰匙的問題。但他還是不習慣，因為那些都是小偷熟悉的地方。

想來想去，他決定了，他要打一副備用鑰匙放在老家，兩個小時的車程還不算遠，也許備用鑰匙會替他製造機會，多回家看看年邁的父母親。

搶劫記

「就她吧！」年關近了，進出銀行的人都左顧右盼，一副謹慎狀。就這個婦人，剛睡醒的迷糊樣，一頭亂髮，腋下夾個珠花皮包，腳步重重懶懶的。她從行員手中領了錢，也沒有再點一次，一把錢胡亂塞進皮包裡。

誰會提防一個賣彩券的跛子，他為自己的喬裝感到得意。她走進旁邊的小巷子，天助我也，快步跟上。「叭──」要死了，機車騎進小巷子還按喇叭，害他一時忘了到底跛的是哪一隻腳。

白了機車騎士一眼，趕緊跟上獵物，這可是一頭肥羊。

可惡，她轉進市場了。不過人多擁擠也好，她一閃了神皮包就會變到他手上。哦，她彎近一間小理髮廳，大剌剌坐下來，自己拿起梳子梳將起來，順便和老闆娘閒話家常。梳完頭打開皮包，掏出一小疊鈔票，數給老闆娘點收，大概是會錢吧，可惜！

不過皮包還是鼓鼓的，繼續跟！彎進衣服店，摸摸看看聊聊，沒買。走沒幾步，彎進鞋店，看看穿穿聊聊，沒買。接著倚著水果攤聊天、採買，旁邊肉販也湊過來聊，很難下手。拎了一袋蘋果，繼續走。要不要下手？她身子一扭，扭進個內衣舖，拿著胸衣比畫著，他只好退遠一點，盯著看難免被當成變態。

　　沒買，但跟老闆娘借了口紅擦。也許她不是理想的獵物，似乎滿街的賣家都認識她。可是跟這麼久，不甘心，尤其那鼓鼓的錢包讓他不捨。她又扭進一家衣服店，東挑西看，還拿了好幾件進帷幕裡試穿。

　　搶劫的要件之一：能等。時機點要抓好，否則前功盡棄。點跟煙抽吧！「來兩張，年輕人，你是新來的吧？我平常都跟巷口那個老頭買，老不中，今天換人買，看會不會中。」有個阿婆向他買彩券，他慌亂地撕下兩張給她。

　　一轉頭，獵物手中多了一袋衣物，正數鈔票給人家。而且因為買了新衣，她那一臉睏意沒了。又踅進一家服飾店，不是才買衣服的嗎，女人！神采奕奕地走出來，手中又多一袋衣物。好吧，妳儘管買，等一下妳的手裡東西多，就不會注意到皮包在我這裡了，他暗笑，堅持今天非到手不可。

　　跟著獵物走走停停，都個把鐘頭了，口有點渴，腳有點酸，裝跛腳不容易。奇怪，這婦人穿個高跟鞋，腳怎麼不酸？突然她腳步加快，迅速轉入一家店，跟緊！

　　「百貨公司的專櫃貨，一件一百元，買五件送一件，賣一賣要回去選立法委員！」老闆對著麥克風重複講這句話。裡面早就擠滿一堆歐巴桑，都心無旁鶩地挑衣服。擠進去吧，也許多幾個獵物，你沒看她們挑衣服那種忘我勁，天塌下來都不管的！

　　「喂喂喂，賣彩券的先生，你要幫你老婆買衣服嗎？」老闆突然換台詞。

有幾個女人轉頭看看他。

「叫你老婆自己來挑啦，男人的眼光不準。」

「真疼老婆，還會幫她買衣服。」

「借問一下，你的老婆是胖的還是瘦的？」

「你去多賣幾張彩券，好讓她自己來買個高興！」

哇哩咧，我哪來的老婆？幾個雞婆的七嘴八舌，這怎麼下手！

悻悻然出來，突然看到獵物也出來了，又燃起一絲希望。沒想到她打開手機，興奮地說：「阿麗啊，趕快找淑美來市場，靠近龍山寺這邊，有一家在大拍賣，一件才一百，買五件還送一件，我已經挑六件啦，快點來！」合上手機，她把手上的袋子，通通交給老闆看著，又鑽進衣服堆裡選了。

那個珠花皮包緊緊地夾在她腋下，他沒精神跟她耗了。換一隻腳，跛著走出市場。

名牌包包

阿惠相信今天可以吸引大家的目光，因為她提了個名牌包包，那是她夢寐已久，忍飢挨餓，外加拼命打工才買來的。

所謂「走路有風」就是阿惠此刻的感覺吧！她特別抬頭挺胸，以富家小姐的優雅姿態，提著那個足以讓她揚眉吐氣的名牌包，招搖過她平常上班的路線。有點失望的是那些人都好像還沒睡醒，大多眼神空洞愣愣地對著前方，沒有對她的名牌包閃過一絲艷羨的眼神。

阿惠把希望放在辦公室的同仁身上。她當然不會太露骨地宣告自己買了個名牌包，她要假裝低調，讓她們發現、尖叫、起鬨，然後她可以提起包包在辦公室走走台步，過過模特兒的癮。

可是，一切如常。同事們互道早安、互請東西、扯一扯昨晚比較刺激的經歷等等。她不得不把名牌包擺在辦公桌一角，假裝不經意的樣子，和大家閒扯淡。

「新包包啊，阿惠！」小若眼尖看到了，不過口氣太平淡了，她等著小若看仔細後，尖叫著引來其他人的側目。但是並沒有，小若的話題轉到昨晚約會的對象。

「阿惠，今天老董會來，桌上不要有閒雜物！」名牌包被組長說成閒雜物，唉！不過這不能怪她，她一輩子只認識地攤貨，一個勤儉持家的女人。

　　想想，心裡真有一肚子委屈，那些比較時髦的同事，一買什麼好東西，大家都評頭論足半天，為什麼她的最新款名牌包沒人認得？天知道她犧牲多大！當她下決心要買這個名牌包時，先到大賣場採購很多廉價的餅乾、泡麵，摩托車也少騎以免浪費油錢，假日去打工，還差一點動了「援交」的念頭。

　　中午，阿惠特別邀好友如雲一起外出吃飯。如雲問：「今天不啃白饅頭啦？」

　　阿惠愣了一下，想到這些日子以來，中午都不敢跟同事出去吃飯，每天啃白饅頭。今天為了秀這個名牌包，她忍痛要去吃個商業午餐。

　　點完餐的空檔，阿惠撥弄著名牌包，如雲在另外一個辦公室，還沒看到她的包包，而且如雲是名牌包的追逐者，如雲家的經濟狀況不錯，又是她父母的掌上明珠，對於時尚有相當的敏感度。

　　「阿惠，妳這個仿名牌包做得真好，把我都唬住了，來，借我瞧瞧。」如雲終於注意到名牌包了，可是她多說了個「仿」字，很傷阿惠的心。

　　阿惠把包包遞過去，鄭重地說：「如雲，我這是真的名牌包，為什麼連妳都沒看出來？」

　　如雲眼睛張得大大的，尷尬地說：「啊，對不起，我剛剛沒有仔細看清楚，的確是，而且是最新款，阿惠，妳中樂透了嗎？」

　　「沒有，這是我這幾個月省吃儉用換來的，不過我覺得很

悲哀，好像沒有人發現它是真的名牌包。很奇怪，像你們的主任買的是仿冒品，卻常被當成真的。」阿惠沒好氣地說。

「阿惠啊，因為妳一向很節儉呀！我還以為妳又在籌旅費，才會省吃儉用。」

「如雲，可是這個名牌包包這麼醒目，你們這些時髦的人怎麼都看不出來？」

「阿惠，名牌是要搭配的，要和衣服、鞋子，甚至髮型、首飾一起搭配，說的更白一點，一張名牌臉也有關係。」如雲提到這些如數家珍。

「妳是說我什麼都不搭，包括我這張臉？我難道生就一張窮人家的臉？」

「不是不是，阿惠，撇開妳身上的衣服不說，妳的臉原本還好，可是妳這一陣子老是吃饅頭、泡麵，又超時工作，搞的面黃肌瘦，一臉疲憊，跟名牌包很難搭成一種整體的感覺。」

原來所謂時尚有這麼大學問，如果要搭配名牌服飾、髮型，還要吃飽睡足，把貴氣從頭到尾表現出來，那實在是個夢想！一頓午餐吃得她食不知味，回辦公室後，經如雲宣傳，大家都知道她買個最新款的名牌包，可是大家都用調侃的口氣說話，有的叫她用名牌包釣金龜婿，有的願意借她好一點的服飾，有的要幫她介紹髮型設計師，有的勸她先去打個肉毒桿菌，對了，最好也隆一下乳……。

阿惠決定上網把名牌包賣了，名牌包在她租來的這個小房間裡，還真像是不搭嘎的「閒雜物」！

遺產

　　孫大勇臉色稍微變了一下，當醫生宣告他肝癌末期時，不過很快他就恢復一貫的鎮定，這一生大風大浪走多了，他已練就一身深藏不露的功夫。何況這大半年來身體的狀況的確出現許多警訊，只是事業還放不下手，就一拖再拖。趁員工年度健檢，他也來個總檢，沒想到發現有問題後，進一步檢查會是這個結果。

　　老婆早已警告他要注意身體，他都聽不下去，最想不到的是一向注重養生的老婆卻突然走了，他就更不相信保健那一套。如今一切都得先放下，他給醫生一個信任的微笑，表示願意配合治療。醫生不能免俗的說些可能連自己都無法相信的話，他也微笑謝過。

　　坐在車上，他的心又開始忙了，他得要有所籌謀，一生費盡心力，總算攢著龐大的產業，身後該好好安排，才能安心闔眼。看多了兒女爭奪遺產的新聞，他一定要在生前搞定。所幸他家的成員簡單，三個女兒一個兒子，女兒都已出嫁，女婿的職業他都幫他們打點得妥貼，三個女兒過得不錯。他走後，在法律上女兒們都有權利來分財產，但是他老早打定主意，他雙手掙來的產業，絕不可落入外姓人手中。只有這個從小捧在手掌心的么兒，這個要傳他們孫家香火的兒子，才有資格繼承他

龐大的產業。兒子玩心未收，還沒娶妻，但終有一天他會娶妻生子，傳孫家的香火。

他採取哀兵政策，挑個日子把兒女（不包括女婿）都召喚回來，用沉重的表情告知自己的病況，兒女都表示驚訝又難過，尤其女兒們都落淚了。他把握這種哀傷的氣氛，暗示自己對產業的處理，當然每個女兒一筆現金是不會少的。女兒都表示財產是阿爸自己掙的，自己有權處理，何況醫藥發達，阿爸好好醫治，會福長壽長。

聽了女兒們貼心的話，孫大勇有些感動，奈何孫家產業還是要由孫家子弟接手。

三個月後，孫大勇走了，唯一的遺憾是兒子似乎永遠長不大，他特別交代女兒們多幫忙、關心這個弟弟。孫少爺對於父親的死，沒有表現得太哀傷，反而有喘口氣的輕鬆，因為他父親知道自己時日不多以後，恨鐵不成鋼，把他操得半死。這一來他可以自由了，三個姊姊想來關心他，門兒都沒有，重男輕女的庭訓，他心中早不把姊姊放在眼裡，干涉他只落得要來分財產的嫌疑，她們可不想惹一身腥！

沒多久，孫少爺忽然收心想結婚了，只是對象讓姊姊們很頭痛，聽說是個離過婚專結交紈絝子弟的派對女。勾搭上沒人管得動的孫少爺，她像寶一樣媚惑著他。姊姊們的勸，只惹得孫少爺更非派對女不娶。

熱熱鬧鬧一場婚禮之後，出雙入對好不羨煞人，可惜不出半年，彼此厭膩，協議好各玩各的，只要不過份，就互不干

涉。從此，派對女有更多派頭參加派對，孫少爺依舊是孫少爺，喜歡半夜才開著名車呼嘯回家。

　　有一夜，酒駕撞上電線桿，孫少爺一命嗚呼。喪禮和婚禮一樣風光，派對女成了富孀，身價更加非凡。捱了一年，迫不及待三披嫁衣，嫁個據說是很愛選舉的政客，這回孫家的遺產被當成嫁妝，嫁進政客家門。

　　孫大勇籌謀半天，財產還是落入外姓人的手中。

交接

　　今天是交接日，大兒子要帶妻小去玩，老婦不敢耽擱，早早起來把下個月要換洗的衣物雜什收好。大兒子載她到小兒子家巷口，把她放下來就急急上路，怕晚了遊樂園人多。

　　提著幾個袋子，踽踽走到小兒子住的公寓大樓。放下右手兩個提袋，老花眼慢慢數，一、二、三、四、五，伸手按了門鈴，沒響，用力再按一次，還是一片靜默。再按幾次，可能是門鈴壞了。等有人出來開了大門，再進去直接按兒子家的門鈴，老婦盤算著。

　　週日的早晨，整條巷子死氣沉沉，每一幢公寓都大門深鎖，很少人進出。老婦知道，這是都市人的生活習慣。老婦沒有手機，也記不得兒子的電話。偶爾有摩托車經過，也不好意思攔人下來幫忙，何況重聽的她和人溝通有困難。

　　總會有人下來吧！每兩個月來住一次，有幾家鄰居面善，只要有人開大門就好了。

　　老婦一向安慰自己，兩個兒子肯輪著接她住，算是不錯的了。有的親戚朋友老了，兒孫都不肯同住，變成獨居老人，孤孤單單的。雖然，和兒孫住，除了生活上有人照應，其實和獨居老人也差不多，因為年輕人忙上班上學，難得陪她聊聊。一架電視算是她的老伴，也不知是電視看她，還是她看電視，坐在電視機前，打盹的時間多。不過能和兒子住，面子上掛得住。

　　紅色的大鐵門毫無動靜，她素知兒媳一到假日就睡到中午，昨天明明有暗示大兒子要先打電話，他一定忘了打。老了真沒用，這扇紅漆大門阻了她，她一點辦法都沒有。想想，這幢公寓還是她幫忙付了頭期款買下來的。大兒子那一幢她也幫忙付了頭款，到頭來她自己都沒有鑰匙可以進去，兒媳怕她老了糊塗，把鑰匙弄丟。其實她老歸老，心裡可明白得很，兩個兒子都怕吃虧，時間一到就把她送走。原本是吃完午飯才送來，就為了他們要去玩，提早把她送來，也不開口邀她，是不是一起去玩再送來。

　　老婦想到命運，一陣辛酸，小兒子出生不到週歲，就沒了父親，虧得娘家幫忙看著孩子，讓她起早趕晚，在市場賣菜，從分租一小塊菜攤開始，到一個完整的菜攤，再到一間店面，拚命跟會，一個錢子兒打二十四個結，攢到學費栽培兒子。大家都說還好生兒子，將來有靠。對面專門生女兒的賣魚阿淑，看紅了眼。現在呢，聽說阿淑每年都被女兒簇擁著出國去玩。

　　也看過孝順的兒子，也看過敗家的兒子，她總說自己的兒子比上不足，比下有餘，別想太多就沒事。只是這個清冷的早晨，大兒子一家人快快樂樂去玩，小兒子一家還在熱烘烘的被子裡，老婦在小兒子家樓下，兩手各拎著幾袋衣物，感覺特別冷。早上大家急著出來，也沒弄早餐吃，這會兒肚子咕嚕咕嚕叫。

　　兩行老淚順著臉頰滴下來，滴到地上，像時鐘一樣有節奏。不知過了多久，地上亮晃晃有水光映著天色。

等

這一生中，他等人的機會多，可這會兒，大家都在等他；等他嚥下最後一口氣，等著瓜分他的財產。

其實他何嘗要人家等他！打從倒下的那一刻起，他就希望自己瀟瀟灑灑地走，不要拖泥帶水，這不合他明快的作風。只是，他現在連自我了斷的力氣都沒有，軀體已經不聽使喚，徒留一顆明明白白的頭腦。

病房裡沒有歲月，他再也拿時間沒輒，當然時間也拿他沒輒，所以大家只好等、等、等！

起先兒子們來看他，還說一些要他保重，很快就會好起來之類的話；後來，他們在他面前公開談論，他的後事、以及他的財產等等。

他們不知道他已經立好遺囑，依照他們平常的表現，分配他們每個人該得到的。

日復一日，他們的談論更肆無忌憚了，批評他生平的作風，還互相猜忌著他有沒有私下給誰好處？他們以為他的腦筋和他的軀體一樣癱了。

令他驚訝的是，兒子們的面目不是他所熟知的面目，他們不再偽裝，在等他嚥下最後一口氣的這段時間內，他們卸除偽裝，讓他看清楚他們真正的嘴臉。

含辛茹苦的拉拔，一生一世的提攜，竟換不來一絲絲感恩與掛念。

他召來律師，以顫抖的手更改遺囑，他將所有財產捐給慈善機構。

至於後事，他寫下：

一切從簡，五個兄弟平均分攤。

在他們對遺產還抱有希望的時候，就讓他們等吧！

大年初二

郁秀的手飛快地在砧板上切切剁剁，瓦斯爐上，一邊是大鍋菜湯，一邊是滷豬腳，都正「噗嚕噗嚕」沸騰著，郁秀的心也沸騰著；今天是大年初二，是嫁出去的女兒回娘家的日子。

結婚十年了，郁秀沒有在大年初二回過娘家。公公婆婆說，大年初二大姑小姑們會回來娘家，郁秀要在家幫忙。郁秀私下向丈夫文鋒抱怨過，文鋒說他是獨子，沒辦法。郁秀知道這不是獨子獨媳婦的問題，這是公公婆婆的態度問題。朋友當中，有的嫁獨子，每年的大年初二都回娘家，有的人嫁入兄弟很多的家庭，大年初二硬是回不得娘家。有的朋友是鬧過「革命」，才能在大年初二回娘家。郁秀一向柔順，一年忍過一年，一年痛苦過一年。

大年初二不能回娘家是心裡的苦，大年初二郁秀身體的苦也不下心裡的。從除夕前一路忙來，大年初二更因為大姑小姑們闔家回來，近二十口人的飯菜都在她身上，忙得她腰都直不起來。

除夕夜，女兒兒子拜過年拿了紅包，郁秀問他們，新的一年有什麼新希望？沒想到兩人一致的希望是大年初二回外婆家領紅包，和表哥表妹玩。聽得郁秀眼眶一熱，猛把淚水往肚裡吞。睡前輕聲告訴文鋒，他說：「別做夢了，今年還有新婚的小妹第一次要在大年初二回娘家。」

這種夢做了十年還沒實現，大姑小姑們命真好，不必做夢就能年年回來。唉，我自己犧牲就罷了，可是孩子……。

客廳似乎很熱鬧，客人大概來齊了，郁秀開始把做好的菜往飯桌上擺。算算，菜差不多齊了，她到客廳看看。

郁秀發現氣氛有點不對勁，以為大家等得不耐煩，忙宣布說：「可以吃飯了！」

「小妹還沒回來。」大姑沒好氣地說。

「她公婆怎麼搞的，不知道小妹是人家的寶貝女兒，也不早點讓她回來。」有一個小姑接腔。

「媽，妳打電話去催嘛，哪有這種公婆！」另一個小姑口氣更兇了。

「郁秀，飯菜別太早端上桌，免得等一下涼了不好吃。」婆婆叮嚀郁秀，口氣是一貫權威，還夾雜憤怒。

「媽──」女兒叫她，對她眨眨眼，兒子也比比大門。

郁秀深吸一口氣，解掉圍裙，對大家說：「剛剛你們說的話，可能我家裡的姊妹們也說了同類的話。我也是人家的寶貝女兒，我爸媽和姊妹盼了十年，今年的大年初二，我決定不讓他們失望。」

頓時一片安靜，郁秀回房間拿了皮包，牽起女兒、兒子的手，說聲再見就走了。

「媽，妳好勇敢。」兒子說。

「媽，妳沒有忘記我們的約定，真好。」女兒說。

三人的腳步越走越輕快，巷口，郁秀揮手一招，大叫：「TAXI」，趕赴一場遲了十年的好宴。大年初二！

時空之記憶與遺忘

夢中，來到一個古老的城市，看到一家老鋪子，招牌上寫著「記憶珠」。他走進去，看到琳瑯滿目的珠子，挑了一顆閃著藍紫色光芒的珠子，吞下去。

一陣眩暈，他在每一個世代，經歷生生世世的歡愉與痛苦，那歡愉與痛苦似乎無窮無盡，他感到極度的疲累。

最後，他置身一座高樓林立的後後現代城市，走進一幢聳入雲霄的百貨公司，最高層的霓虹店招閃著「遺忘珠」。

所有的電梯都大排長龍，人潮像浪潮一樣湧來湧去。人們的面孔扭曲醜惡，似乎不顧一切要搭上電梯。

他開始爬樓梯，一層一層爬上去，遇到許多半途而退的人群，他被人群衝撞，進三步退兩步。彷彿一世紀之久，終於爬到最高層。人潮依舊洶湧，他撥開人群擠過去，抓起一粒白色的珠子，吞下去。

他成了游離於宇宙間的旅人，沒有過去，沒有未來。

良心的邏輯

　　起先，我以為牠是一隻剛剛逃家的狗，但是牠斬釘截鐵地告訴我，牠是一隻闖蕩街頭數年的流浪狗。

　　流浪狗，不都該塌著兩耳兩眼呆滯渾身瘦痞癩痢的瘔三相，而牠身材肥嘟嘟一身皮毛油亮烏黑兩眼散發驕氣兩耳更是朝天高聳。打死我都不相信牠是一隻流浪狗。

　　我把剛買來一支香噴噴的炸雞腿丟在地上，突然不知從哪裡衝出來幾隻瘔三相的流浪狗，咆哮地搶食那支雞腿；而牠，斜眼看著牠們並且露出嫌惡的表情。

　　「那你是怎麼把自己弄成這樣——」我一時找不到適當的措辭。

　　「養尊處優是不是？」牠自己接口。我點點頭。

　　「我吃人們拋出來的良心過日子。」仍舊是踐兮兮的口氣。

　　「良心？良心在哪裡？」

　　「滿街都是，而且每天都有很多新鮮的。」牠說著，跑到我新買的名車的輪胎邊撒上一泡尿，順便用爪子在車體上抓出幾條痕跡。

　　我氣極了，訓斥牠：「你吃下那麼多良心，卻這麼沒有良心！」

　　牠聳聳耳朵，慢條斯理地回我：「我吃的可是沒有良心的人的良心，當然，包括閣下你的良心。」說完，打個飽嗝揚長而去。

白髮云

我決定離家出走，雖然我相當留戀這個生我長我的家，但我現在的角色超尷尬，留著只會像是一鍋粥裡的老鼠屎，只會是害群之馬。

曾經我是那麼稱職地在崗位上，和大夥的光鮮亮麗同步，把最最青春的歲月發輝得淋漓盡致：被粉色的絲帶繫過，被溫柔的大手撫過；在陽光下閃爍，在春風裡飛揚。輕輕一甩，就彷彿可以甩出悅耳的音符，為愛慕者的頌歌伴奏。

可惜好景不再，當我發現自己漸漸與眾不同時，我驚慌，我害怕。我把自己藏在隱密處，像通緝犯一樣，躲躲藏藏，過著不見天日的生活。「苟活」的想法，讓我越來越沒生氣，越來越加蒼白。

終於在這一天，梳妝檯前，我聽到一個高亢的女聲尖叫著：「可惡，我竟然開始長出白頭髮了！」

接著，一聲「唉喲喂呀！」劃空而下，鏡裡，一根白髮慘死在一隻纖纖玉手上，它的哀嚎久久不散。它，大剌剌長在頭頂上，就地被處決了。

原來我已是青春的大敵，當梳子梳理過我顫抖的軀體，我決定以離家出走來避免被剷除的命運，至少我捍衛了身為一根白髮的尊嚴。

愛情販賣機

站在愛情販賣機前面，宏宇像獵人般，眼光搜尋著，想看看有沒有新產品出現。

琳瑯滿目的瓶瓶罐罐，都是他喝到膩的口味，再也引不起他的食慾。

「先生，還沒決定口味嗎？那就先讓一下。」

宏宇退到一邊，那個年輕人投了幣，毫不猶豫就往「香豔」口味按下去，瞬間「叩」一聲，一罐辣椒紅的飲料掉下來。年輕人取出飲料，向他曖昧地眨眨眼，陶醉地把飲料貼在胸前，哼著歌走人。

多像以前的他，選定口味後毫不猶豫地按下、取出，回家後盡情享受。他會依當天的心情選口味，從「初戀青澀」、「朦朧探索」、「甜蜜」、「幸福」、「香豔」到「麻辣」等等，什麼沒有嘗過？每當有新口味，他一定急於品嚐，所有戀愛的滋味他都要試試，不像小吳，只忠於「穩定發展」。

宏宇甚至連「失戀」都嘗了，每當嘗膩了一種口味，他就會來一次「失戀」，用痛不欲生的感覺來清除以前的記憶，然後一切歸零，從頭開始談各種戀愛。

可是，最近「失戀」失靈了，痛不欲生的感覺依舊，然而任何口味都激不起他的食慾。失眠、工作效率減低，令他的生活陷入一團糟，心想也許該找個心理醫生了。

　　兩手空空回到家，宏宇在書櫃裡尋找，找到一本《廿世紀戀愛理論與實務》，這是他在舊書攤上買的，作者是廿二世紀末期的心理醫生。當時抱著好玩的心態買，翻了幾頁，大大地把作者嘲弄一番，就將它束之高閣了。

　　廿二世紀中期，「愛情販賣機」被發明，只有「初戀青澀」和「穩定發展」兩種口味，但是已經掀起一種革命性的風潮。保守派的人士抨擊這種販賣機，他們說這是人類情感崩潰的第一步，人類不會在核戰中死亡，卻會在愛情販賣機的後遺症裡滅絕！贊成的人士卻說那是改變歷史的榮光，把人們從千古以來的情慾牢獄解放出來。從此人類不必再為戀愛耗財、傷神，當然更不必為錯綜複雜的戀愛關係，所產生的已經到了氾濫的情殺案而耗損社會成本。想想，投幾個銅板，就可以買回想要的戀愛口味享受，而且隨著生產技術的改進，保證百分之百身歷其境，那誰還願意費神去談不確定的戀愛？

　　到了廿二末期，「愛情販賣機」林立街頭，許多廠商投入大筆研發經費，延攬頂尖的科技人才，競相推出新產品。保守派的勢力漸漸消失，因為那些人基於好奇，在投入銅板的那一剎那，就註定他們繳械的命運。離婚率以等比級數攀升，結婚人口也以等比級數降落。擔心人口的成長率嗎？不必，試管嬰兒躍升為生育主流，而且出現專業的代理孕母。大家可以天天談不同的戀愛，男人實體與女人實體（這種新名詞應運而生）之間不再具有吸引力，一時之間世界少了很多爭端。

當時，那個不識時務的醫生卻提出反對意見，並且致力於戀愛史的研究，出版了好幾本戀愛的理論和實務，書當然是滯銷，人呢？聽說死在精神病院。

宏宇用心地看著，也許那位醫生是先知，他說：「終有一天，愛情販賣機會毀了人類最珍貴的東西，人類會嘗到前所未有的失落感，到時候的男人實體和女人實體都將變成行屍走肉，他們將死於一種叫做『空洞』的瘟疫。」

宏宇看著堆疊在屋角，還來不及回收的空罐子，突然感到它們像一張恐怖的網，向他籠罩而來……

卷三　短 篇 (一)

夢魘

對夢的耽溺，已持續快一年了，他既憂又喜，憂的是他愈來愈把夢當成現實人生，喜的是不管現實人生多麼貧乏，他的夢都能繁富多彩，而且撲朔迷離。

在非夢境中，他是個平凡的公務員，對前途沒有野心，每天在相同時間走出家門，走過鎮上唯一大街，進入戶政事務所上班，辦鎮上幾個里的遷入、遷出、變更登記等雜碎事。下班時間一到，他拎著公事包，又循原路回家，

頂多，他走街的另一側。幾乎每家店面他都很熟了，太太交代他買什麼，都可以在上下班途中買到。沿路商家看到他，都會親切地叫他一聲「戶政李」，算是打招呼，他也習以為常。他想不起生活裡還有什麼別的，過端午吃粽子，度中秋吃月餅。一年就像一段旅程，他是慢車上的旅客，節日是沿途的站，他一個站又一個站挨過，看些重複的風景，迎送一些人上上下下，他由起點坐到終點，又從終點回到起點。連紅白喜事也不再特別，反正都是熱熱鬧鬧吃一頓。

「李仔，下班了，茶在桌上。」這是太太迎接他的例話。他四體不勤，也不太管小孩，吃完飯就成了電視的俘虜。「李仔，去洗澡！」「李仔，該睡覺了！」太太會在適當的時候提醒他，他也不加思索就照著做，夫妻倆不太有話講，但也極少傷和氣。他常是一夜無夢，一張一張把日曆撕去。

直到有一天，該死，故事總是發生在「有一天」，如果沒有那一天，戶政李永遠是戶政李，一個不知夢為何物的人。那是端午節的隔天，鎮上大拜拜，外頭鑼鼓喧天，大家都期待下班，要趕回去接待客人，這可是一年一度的大拜拜。還有五分鐘，戶政李在收拾桌面。

「對不起，我要辦遷入。」顯得匆忙但嬌嬌的聲音。

他職業性地說：「快下班了！」希望她識趣些，改天再來。

「對不起，我不知道這裡大拜拜，車子塞很久，麻煩你一下，先生。」

他抬頭一看，愣了一下，小鎮難得有這樣的女人出現，肯定不是本地人，他跑去拿資料簿來登記，看看她要遷入誰家，是嫁過來，還是租房？這家姓楊，沒什麼特別，也沒有相當的男人可以娶她。

「租房嗎？」又是職業性的口吻。

「不是，嗯，是──」鈴聲一響，大家像逃難一樣，他也沒有心情多問，登記完加緊收拾。

走出事務所，正有一對七爺八爺橫街大搖大擺，看熱鬧的人很多，鞭炮不斷，長長的遊街「陣頭」正緩緩前進。那個女的正蹙著眉頭，一籌莫展的樣子，他走到她面前大聲說：「後面有路，可以到車站。」說著領她鑽入小巷，走到河邊，沿河有一條路，與大街平行。河堤邊人少多了，他想起就在昨天，河邊也擠得水洩不通，因為有龍舟競賽，今天看熱鬧的人轉移陣地了，可是地上還殘存許多鞭炮屑。

戶政李現在才有機會打量身旁的女人，滿好的身材，衣服料子不錯，迎著河邊的微風，輕飄飄的，還有一股幽香散著。她的高跟鞋敲過石板地，發出輕輕的聲音。一向口拙的他，看著自己皺皺縮縮的皮鞋，有一派小鎮特有的酸腐味，手上提著的公文包也是，怎麼平常都沒注意到？他連平常怎麼走路都忘記了，公事包是提在手上，還是挾在腋下？他有點手足無措，只好彆彆扭扭陪著那女人走。女人也不多話，眼睛常飄到河面，河上有些船隨波擺盪。

他說：「每年農曆五月初六是鎮上大拜拜，有許多遊行隊伍，所以有一小段路會實施交通管制。」

她說：「很少看到這麼盛大的廟會。」

廟會，這名詞聽起來很奇怪，從小他們都說是拜拜。以前父親當家，客人比較多，父親走後，客人明顯少了，因為他不善交際。

這一段路不短，氣氛有些尷尬，他希望早點到車站，指點她去搭車，又希望路長一點⋯⋯。

就從那天起，戶政李有所改變了，他上班不再走大街，而是繞著河堤走，有時為了買東西走到大街來，商家會說：「戶政李，好久不見，高陞了嗎？」他總是笑而不答。更重大的改變是，他開始做些奇奇怪怪的夢。他所做的夢，都有些荒誕不經，就像：夢見他姑姑一胎生了二十多個小孩，個個嗷嗷待哺，親戚都得幫忙帶，他特別去挑，希望找兩三個健康的來養。醒來後他捏一把冷汗，他姑姑一輩子沒結婚，是鎮上有名的老處女，大家都說她年輕時候太會挑。姑姑很有威嚴，他從

小怕她，被她知道了還得了！有次夢見自己在數一床鈔票，鈔票被風吹到臭水溝裡，他顧不得髒亂，一把抓下去，掏出一團泥沙，拿到水籠頭下沖，竟然變成一條白手帕。

又有一次，他夢見一個穿黃衣服的女人，很像是他一個女同事，那女人牽一個小孩，一步一步涉進溪水中，溪水淹蓋過小孩，又淹蓋過她，可是她無所謂，繼續在水中走，只是每隔一段時間，就會把小孩舉出水面換氣，她自己都沒事。他沿著溪邊追趕，希望救她們，可是一直走不快。他擔心那同事會有水厄，還跑去警告她小心水，搞得她莫名其妙。

有時候夢見自己像當今時髦、帥勁的小伙子，在漢堡店裡，口若懸河般，對著一群女孩子講笑話；或騎著單車，吹著口哨，一路呼嘯而去，把車子騎到空中往下看。也曾夢見到外星球去探險，外星人拿子彈要給他吃，他佯裝吃下，卻趁機奪下武器，制服他們，平安歸來。

最常出現的夢境是那個女子衣袂飄飄地從河心向他走來，他幾度努力要「踱」向河心，腳卻永遠跨不出岸，她與他之間，似咫尺又似天涯。那個衣袂飄飄，在河心向他走來的影像，成了他夢裡的常客，也是他這個四十男子心中第一次擁有的秘密。他幾乎要恨自己生於水邊卻不善泅泳的這項事實，小時候同伴們一到夏日午後就赤條條下水嬉戲，他總安於在岸邊石頭堆裡與螃蟹玩追逐遊戲，他就是這樣玩大的，一向也不覺得有何不妥，現在卻成為他偌大的遺憾。他想如果他很會游泳，也許夢中的他，就不會像被繫住的船，無法海闊天空了。

　　起初他還只是間歇性做夢，後來幾乎天天夢，夢中情節都記得清清楚楚。上班時若沒人來辦事，他就對著桌面發呆，回味那些情節。辦公室裡陰盛陽衰，女同事們每天有講不完的話，他一向就懶得和她們東家長、西家短的，大家只知道他沒事愛發呆，誰也沒察覺他內心的變化。偶爾他會跳出夢境來聽聽他們在做什麼？說什麼？他發現他們每天所做所說都差不多：王小姐和秦小姐每天都在服裝比賽，像活衣架走來走去；張小姐嗓門最大，她家的雞毛蒜皮小事，都可以像重要新聞一樣宣布，她先生怎麼受得了！男同事裡老方脾氣最壞，容易和鎮民起衝突；小陳單身，人帥個性好，成了太太、小姐們寵愛的對象，有點消受不了。他突然為他們感到悲哀，他們的生活多無趣啊！他們也做夢嗎？如果有，他們夢什麼？

　　他也想起自己以前的生活，足以讓人窒息，而他竟然過了四十年，尤其是十多年的婚姻生活，簡直是一場最無趣的夢。他是怎麼熬下來的？他和太太談過戀愛嗎？好像沒有，是家長安排相親，覺得沒什麼可挑剔，就結婚了。他就這樣把一輩子的幸福交給一個女人，反過來想，太太是否也有這種疑問？如果他娶的不是她而是別人，情況又會如何？他心目中想要的女人是什麼樣子的？像五月初六來辦遷入的那種女人嗎？他仔細閱讀了她的資料，知道她是離婚才遷到小鎮，不能確定她只把戶籍遷來，還是人也搬來了？他所知道的，都只是紙上作業，他對這幾里的戶籍資料瞭若指掌，可是對他們的實際生活卻一無所知，事情有點荒謬。他李某人一輩子就只能在別人的資料

堆裡磨嗎？可是大半輩子都過去了，他還能有什麼作為！也許該把希望放在兒子身上，但那也不可靠，因為父親也曾把希望放在他身上，結果呢，一輩子走不出這小鎮。

幸運的是，他總算會做些與眾不同的夢，讓枯淡的生活有些色彩。不過，他愈來愈不能安於現實生活，他常凝視太太的背影，希望能看出一些新鮮的東西來，可是，什麼也沒有，他也挑不出她的毛病。那個女人為什麼離婚？離婚需要很充足的理由嗎？他可是一個也想不出來，誰都說他很幸福，娶個會持家的老婆，還替他生了兩個兒子，他吃的又是公家飯，老來不愁。現在他深深覺得幸福和不幸福是雙胞胎，長得很像，局外人根本分不清，即使當事人也不見得清楚。

戶政李的人生有難題了，他每天沿著河堤上下班，下意識裡，他想改變一下生活，可是他是大軌道裡的一顆小星球，根本無法脫出軌道。他希望有個人可以改變他的生活，但那個人是誰？在那裡？夢中，他可以飛天，可以入地，不做夢的時候，他連走路都無精打彩。最後他大白天也可以打瞌睡，因為一打瞌睡，他就入夢境了，一般人還是叫他「戶政李」，辦公室的同仁們，卻已改叫他「瞌睡李」了。

綺麗的夢境和枯淡的生活，像鐘擺的兩端，戶政李擺盪在中間，難題似乎愈來愈糾葛。起初他覺得是自己做夢，後來卻覺得夢在擺佈他，一日一日，他和夢如影隨形，他害怕做夢，更害怕失去夢。

　　又到吃粽子時節，兒子參加少年組龍舟競賽，老婆看他近來瞌睡打得厲害，非要他出來動一動，順便幫兒子加油、照相，他在人叢中擠來擠去，覺得人一年比一年多。亮晃晃的陽光下，鑼鼓喧天，兩條龍舟正在河道上前進，人群在岸邊嘶喊，他感到有點目眩，彷彿中他看到的不是龍舟，而是那飄飄的身影向他走來，他迅速地舉起相機要照，老婆拉他一把說：「照那邊，我們兒子要奪標了。」他回過神來，果然，他的兒子已準備最好的姿勢要奪標，他必須把那最神聖的一刻掠入鏡頭。

　　隔天，他如常去上班，大家跟往年一樣，不太有心情辦公，有人總在這一天請假，有人老提議放假，說這是鎮上的大日子，誰會在這一天來辦事！的確，年年的這一天，來辦事的人特別少，可是上級基於行政法規，不敢做主。午飯時，氣氛就熱鬧起來，大家互相詢問辦了幾桌，一桌多少錢，請了哪些客人？好容易捱到快下班了，戶政李又在收拾東西。

　　「對不起，我要辦遷出，我忘了這裡大拜拜，半路塞車，來晚了。」似乎很熟悉又似乎很陌生的聲音。

　　戶政李抬起頭來，發現真的是她，容貌沒有多大改變，他默默去拿資料來填，這回他很仔細，慢慢地填，鈴聲響，大家又像逃難一樣走光。戶政李填好後，很慎重地把資料交到女人手上，然後拎著公事包走出來。他們不約而同地走到河堤。

　　女人說：「我倒沒忘你上次跟我說的路，可以避開廟會的隊伍。」

女人的衣服還是剪裁得很好，只是顏色亮麗許多，一路上話也比較多，戶政李問她：「要搬回去了？」

女人甩甩頭髮說：「一年了，覺得日子也沒更好，想想還是兩個人平平淡淡過生活好，心裡會踏實些，不要太挑剔，一切都會很好。」

原來她挑剔過，她原本想過的是怎樣的生活呢？她花一年的時間找到了。

送她到車站，戶政李不禁加快腳步，家裡大概來一些客人，太太要忙不過來了，他那個姑姑一定早就來了，他若回去晚，免不了她一頓嘀咕。

大拜拜後，戶政李依舊過著上下班的日子，只是他又恢復走大街的習慣，商家也還是親切地叫他「戶政李」。最重要的是，他不再做那些奇奇怪怪的夢了，下班後，他會陪兒子去打球，放假的時候，會陪太太去買菜。小鎮的日子很平靜，戶政李的日子也很平靜。他甚至想不起來，他曾經擁有那麼多形形色色的夢。一切都像夢魘興的一場西北雨，在夏日的午后撒野一番，雨過天晴，照得河水更加澄碧。

神話愛國獎券

　　每一個時代都有發財夢，愛國獎券，曾是多少人夢寐以求的神話，如今這個神話也敵不過歷史的淘汰，成為人們褪色的記憶，但這個褪色的神話卻在某療養院的第七病房復活，以它所具有對財富的無限期待性而復活。

　　話說第七病房的病人阿田，有著鄉下人特秉的憨厚，純真的眼神看不到人間太多色調，也許他在娘胎裡就註定要與世間塵染絕緣，眾多兄弟姊妹中，只有他一個智能不足，無法裝進塵世的某些應對邏輯，因此他永遠保有一雙黑白分明的雙眸，和一個常駐嘴角的憨笑。他口齒清晰，甚至有些俐落，也能幹活——主要是侍候他家那頭母牛，他的生理成長也算正常，瘦挑身材，發春時也會脫個褲子追著女孩跑，不過和色情狂扯不上關係，大概是一種動物本能的表現吧。他最喜歡拿副撲克牌在手上搓來搓去，到處找人挑戰，他的算術是有點兒顛三倒四，村人和他玩多半也是逗趣兒，他牌技不佳有時還想耍詐，不然就是說別人耍詐，總之到最後的畫面是村人作勢要揍他，而他挾尾而逃。村人也喜找他玩玩牌，反正是逗趣，就這樣一個甘草人物為平淡的村子帶來些許樂子。

　　阿田的兄弟姊妹大多出外發展，留下他與股實的父母守著田地，他總不顯老，永遠是十七十八少年郎的模樣，跟他同齡的人成家了，為人父母了，阿田還是和孩子玩在一塊，活像孩子王。

　　某一天阿田突然長大了，促使他長大的是愛國獎券，原來村裡的人一向樂天知命，看天地吃飯，隨著經濟起飛，資訊傳播普遍，金錢遊戲也漸走入村裡，膽大的人偶爾賭個運氣，買買愛國獎券想和財神攀個親，阿田單純的世界也灌入財神的影兒，他買起愛國獎券了。他比村人聰明的是他不守株待兔，他採取主動出擊的手法，從此他自孩子的世界消失，常千里迢迢去比較可能中獎的地方買獎券，買回來後他也總是和大人討論中獎的事。他買獎券的精神不輸傳說中的英雄，像夸父那一類的人，他住北台灣，可是他常遠征中南部，去尋找他的財神爺，他為了多買幾張獎券，總是耐饑耐渴，花得身無分文，連回家的車費也沒了，流落異鄉，再由警局通知家人去領回。他自有一套推算中獎率的邏輯，凡被他選中的聖地，他必定去朝聖，故此種流落他鄉的戲碼時有演出。家人對他防不勝防，只有認了，只是村人又多些茶餘飯後的趣事可談，大家不找他玩牌了，而是和他大談獎券經。村人有多少人買不曉得，但似乎沒有人中過大獎，包括這位為中獎而跋涉千里的阿田。

　　　　※　　※　　※

　　絲雯從小是嬌嬌女，功課又一級棒，一路由名校讀上來，轉眼已是大學生，不愁吃不愁穿的她，有一陣子迷起算命了，想多窺知一些渺茫的未來。如花的歲月，浪漫的愛情，她選擇了一位男子做為她的終身伴侶，據他們的朋友說，雙方自小都是優秀有加，真是一對玉人。從此兩人過著，嗯——，應該是快樂幸福的日子，可是，可是他們沒有穩定的工作，他們想創

業，除了家人資助之外，他們不能免俗的，也想到了愛國獎券這位財神老爺。於是他們拚命排命盤，希望能看出偏財運何時降臨，但他們卜術不精，最後只有求助於通天之人。絲雯聽說某地摸骨瞎子卜算極準，夫妻聯袂遠訪，讓瞎子在絲雯身上摸摸骨相，判了某月某日某時至某地買獎券，必是大獎無疑。絲雯與先生奉之如儀，不敢稍忘，日子在期待中過，二人一早起來沐浴更衣，再至某地等候，以中原時間為準，某時正向某獎券行買了一些獎券，恭敬帶回，供在神桌上，從此早晚默禱，希望美夢成真。但這天機是錯算了，獎券一張沒中，變成廢紙數張，破了他們的夢。是否有再請教高人，史無記載，接下來的歷史是寫成這樣：某天兩人至戶政事務所辦離婚手續，原因不詳，但據說與獎券有關。

　　　※　　※　　※

　　阿田的獎券夢未圓，他年邁的父母卻雙雙棄世，兄弟姊妹曾試圖接他去住，但他住不慣都市封閉、冷漠的空間，三番兩次逃回，他們只好商議著送他到療養院，於是他來到一個完全陌生的地方，全然的陌生，醫生們那一套科學的診療法，令這位憨憨的草地郎畏懼，他僅會的聊聊數句台灣國語，很難向醫生表達他的想法，而醫生也難以走入他那個有田地有牛的世界。他的眼神呆滯了，動作遲緩了，每天只把一個生銹的鐵箱子把得緊緊的，彷彿那是他生命的全部。

　　絲雯一直定不下來，不管是工作或是感情，重回家中她並沒感受到溫暖，她懷疑家人的眼神有一絲憐憫，或者更確切的說，是一絲絲鄙夷。她想獨立，精神上及經濟上，可是社會對她並不寬待，她的理想不斷被摧折，她的翅膀被迫斂著，直到她的心也斂著，全世界都與她為敵了，所有人都想迫害她，她害怕，她要逃到一個大家都找不到的地方，她想飛走，她想遁逃，她做了許多努力，最後她被送到療養院來。她是帶著敵意來的，所以她採取不合作主義，她用犀利的口才和醫生們辯，從宇宙生成到國際大事，她有極豐富的知識，誰都辯不過她。她感覺好寂寞，這世界的天才只剩下她一個！

　　沒事時，絲雯喜歡在廊道上昂首闊步，讓那些想害她的人無從下手，她可是準備隨時出招，一掌如來神掌劈下去，任神仙也難救。每當她大步大步走到轉角時，就會踢到角落喃喃自語的阿田，絲雯總要吼他一聲「蠢才走開」，偏這蠢才不走開，只用呆滯的眼神朝她望一望。有一天阿田打開鐵箱子，正翻看他的寶貝，絲雯走過時嫌礙腳，一腳把它踢開，一大疊花花綠綠的紙瀉了出來，她順勢撿起一張，親切地喊著「愛國獎券」，正待發作的阿田一聽，如他鄉遇故知般，說：「妳看過愛國獎券？」

　　「我以前買過不少，怎麼會沒看過？」絲雯不屑地說。

　　就這樣你一言，我一語，他不太通國語，她也只會彆腳台語，兩個人卻講得口沫橫飛，最後就蹲在角落敘起獎券譜。阿田的眼睛裡有了神采，絲雯也無暇與人爭辯了，她和阿田比手

劃腳，三句不離愛國獎券。阿田雖然只讀了三年小學，可是他的買獎券經歷很豐富，一幅台灣地圖被他講得神靈活現的。兩個人的共同語彙一日一日增多，醫生要他們演心理戲的時候，他們可是合作無間，一下子絲雯當獎券行老闆（當然是全省各地的），一下子絲雯當搖獎人，搖出他們滿意的號碼。他們兩人用愛國獎券構建一個神話世界，只有他們兩個人才能存在的世界，他們每天在這個世界裡編織彩色的夢，混雜著鄉下的田野景致和都市的光怪陸離，他們的世界愈來愈豐富。

　　那些愛國獎券像彩色泡泡，每天在他們合力的「吹」功之下，絢麗的夢想透過窗台的陽光，顯得奪目異常，這些生滅不斷的泡影，讓他們在一個特殊的時空點交會、相契。他們新的夢想是要早日走出療養院，再去買更多的愛國獎券，在他們的心靈世界裡，愛國獎券是不死的神話。在愛國獎券這個神話漸被歷史洗白的二十世紀末，某療養院第七病房卻有兩位世紀的詮釋者在賦予它新的意義。

枉死城春秋

～一個徵信員之死

　　黑瓜對著鏡子，把領結繫好，準備要去辦事。今天的工作應該不難，因為他已經觀察一段時間，他確定她會上美容院老半天，這段空檔夠他辦事的了。黑瓜不是闖空門的，但也得等主人不在才好辦事。黑瓜不高，一百六十公分的高度，讓他很容易被人群「埋沒」，他為了想出頭，從小就志向不凡。可是長愈大愈覺得那不關乎身高的問題，因素太多了，他的志向一日一日小了下來，最後就只在投機世界裡鑽，擺擺地攤、玩玩股票、拉拉保險，沒有一種讓他發過，他就是那種「衰」運十足的人，別人做什麼，發什麼，他是做什麼，敗什麼。

　　有一天，他打開報紙的求職欄，看不出有什麼職業適合他，就索性閱讀一些有趣的廣告。那些俊男美女的特殊差事，他是沾不上邊，看看過乾癮，再看看那些逃夫逃妻，想想那些主角都是些怎樣的人呢？這世界還真是不單純！突然他看到一連串「徵信」的廣告，靈機一動，何不去試試，這種工作也許好玩呢。於是他走入這一行，也辦了不少case，老闆還滿器重他，因為他的身高讓他佔了些便宜，加上那副其貌不揚的長相，吃這一行飯算是走對了。他也才想起自己小時候有過「福爾摩斯」的夢想，所以就全力以赴。

　　今天他負責到一個情婦的家去搜些證據，他親眼看著那個女人一扭一擺地出門，才小心地「進」去。這種小小的公館，裡面可是五臟俱全，尤其充滿羅曼蒂克的氣氛，難怪男人會樂不思蜀。翻來翻去，沒什麼特別的，黑瓜有點渴，打開冰箱，都是喝一半的飲料，這種女人絕不是持家的料！還好酒櫃上有些酒，他打開一瓶洋酒喝，酒不能止渴，卻可以催眠，他竟然躺在柔軟的沙發上睡著了。

　　「起來，你這個野男人！」黑瓜被一陣咆哮聲吵醒，整個人也被重重地提起來又摔下去。他揉揉眼才看清是一個頗高壯的男人，他一時不知道怎麼解釋自己會在這裡。那個男人正是他要調查的傢伙，他已經跟蹤過好幾次了。那男人說：「我當是什麼貨色，這種男人她也要，拿我賺的錢去養這種男人，呸！」說完，一腳踢在黑瓜身上。黑瓜百口莫辯，只連聲說：「我不是！」那人更生氣了，說：「難怪最近她對我冷淡，我家裡那個也疑神疑鬼，一定是你在搞鬼，看你尖嘴猴腮，就知道不是好東西。」黑瓜從小就恨人家罵他尖嘴猴腮，一聽不由分說就撲上去，但他那裡是人家的對手，尤其是一個妒火中燒的男人！那個男人用一個坐墊搗住黑瓜，不顧黑瓜的掙扎，黑瓜只感覺到呼吸愈來愈困難，手和腳沒力氣掙扎了，奇奇怪怪的影像在他腦子裡閃過⋯⋯。

　　黑瓜飄了起來，他看到自己躺在一個沙發椅上，旁邊站一個驚慌的男人，他覺得很奇怪，但他叫不出來，他終於意識到自己已經死了。死，黑瓜想放聲大哭，他還有許多事沒做，怎

麼可以就這樣死了，死得多冤啊！他好想去搖醒那個軀殼，可是，他已經身不由己。

飄著飄著，他被帶到一個陰森森的地方，舉頭一看，這裡叫「枉死城」，他被安頓下來。他有許多鄰居，各個眉頭深鎖，哀聲嘆氣，黑瓜也深深嘆一口氣，才二十多歲的他，就這樣莫名其妙地被殺死，媽媽該有多傷心！

黑瓜自憐自艾好幾天，心中的怨氣愈積愈深，他好想找個地方申訴，但放眼望去，那裡不是怨氣四射！他不知道這種地方有沒有申訴的機構，如果有，他一定要去申訴。他只不過是執行工作任務，如果硬要派他一個罪名，頂多是私闖民宅，罪不致死吧！一位老先生走來，看起來不像枉死的樣子，說不定是巡官之類的，黑瓜宛如遇見救星，上前把自己如何慘死的事說了一遭，希望大人主持公道。老人笑一笑，拍拍黑瓜的肩說：「你年輕，又剛來沒幾天，這種心情我很能了解，久了就好了。」黑瓜很生氣，說：「我還沒娶老婆，家裡又有老媽媽要靠我，而且我也不是犯什麼大奸大罪，就這樣死，太不公平了！」

「公平？你有沒有看到這裡男女老少都有，論年輕，有人比你年輕，論無辜，也有人比你無辜。你的案子很快就破了，你母親也得到相當補償，這還不夠嗎！有些人案子沒破，家人還在乾著急，他們心裡可比你不好受！」老人慢慢說道。

黑瓜還是不服氣，說：「你這個人不知主持公道，還派來我們這裡做什麼？「老人仰頭哈哈大笑說：「你當我是包青天啊？我跟你一樣，是個倒楣鬼呀！」

　　黑瓜沒想到他也是同路人，結結巴巴說：「我看看你臉上沒沒有怨氣，以為你是巡官那一類人，你你是怎麼來來的？」

　　「話說三年前，我在人間是個好管閒事的老頭，有一天傍晚，兩個鄰居為了土地糾紛吵起來，我上前勸架，他們非但不聽，還拿出傢伙要拚，勸也勸不住……。」

　　「你被誤殺了？」黑瓜迫不及待地問。

　　「不是，是其中一個把刀子插入另一個的肚子，我在旁邊——嚇死了！」老頭說著臉上也掠過一絲黯然。

　　「你是被嚇死的？那個被殺的人呢，有沒有陪你一起來？」

　　「沒有，他沒有中要害，醫好了。」

　　黑瓜「哦」了一聲就陷入沈思中。

　　老人又慢慢說道：「剛來我心中也很不平，但看到這裡死得比我冤的人太多了，我至少是走完一輩子，七十五歲，不算太差啦，而且一嚇就死，免得生病拖拖拉拉，累別人也累自己。」

　　黑瓜心裡想：說得也是，我如果活到七十五，不管怎麼死，都沒遺憾啦，可是我才二十五！

　　老頭又說：「來，我給你講些故事，你心裡就會好過些，你看，那個左手有點故障的中年人，有沒有看到？你知道他怎麼死的嗎？」

　　黑瓜搖搖頭。

老人說：「他才叫冤枉，他呀，從小左手發育不良，一直都靠踩腳踏車賣粽子為生。有一天半夜，他正在一條小巷子叫『燒肉粽，賣燒肉粽哦！』突然頭上被一個重重的東西壓下來，他就來報到了。」

「有人丟大石頭嗎？」

「不是，是一個年輕女人，因為被男朋友拋棄，一時想不開要跳樓自殺，沒想到壓到這個賣肉粽的，她沒死，倒把他給壓死了，家裡還有三個小孩，就靠他太太了。」

「可憐！我以前一直以為這是笑話，沒想到真有這回事！」黑瓜終於見識到有人比他還倒楣了。

「你再看看那邊一家三口，他們是開麵包店的，有天晚上在自家門口聊天，被一輛不長眼睛的車撞過來，全完了。」老人指著一對中年父母和一個高中模樣的女生說。

「可憐！」黑瓜附和著。

「還有啊，那邊那個年輕人，和你差不多大的，他陪太太回娘家，太太的娘家靠近高爾夫球場，他就是被一個打出場外的球打到，不偏不倚，正中太陽穴，他的孩子才一歲多！」老人說著說著，竟有點哽咽。

「真是飛來的橫禍！」黑瓜似乎忘了自己的不幸了。

「還有很多很多，有的人為了救人，像溺水的、火災的，結果救人不成，自己也來報到。」

「我聽說有人多看流氓一眼，也會被扁，是真的嗎？」黑瓜也開始加入故事了。

「當然是真的，你如果長得像壞人的仇人，你也有可能被扁，不是有個什麼之狼專門找長頭髮的女孩下手，聽說他的初戀情人就是長頭髮的，把他給拋棄了，他從此恨長頭髮的女孩。」

老人接著又講了許多不可思議的例子，黑瓜簡直不敢相信那些事來自他存在過的世界！他在他仍癡癡留戀的世界混混沌沌活了二十五年，從沒思考過生與死的問題，也許他認為死距離他很遠吧！但是生呢，他懷疑自己有沒有實實在在活過？他一向把生與死看成是對立的二元物，沒想到生與死在某些層面是無別的，至少他黑瓜這次透過死亡才看出他的生其實等同於死，那麼他留戀的也許只是虛幻的「存在感覺」吧！揭開那一層虛幻，他似乎得重新來看待他的生與死。

「你在想什麼？」老人打斷黑瓜的思緒。

「我在想我活了二十五年，到底做了些什麼事？」

「想通了嗎？」

「好像有一點。謝謝你，老先生，謝謝你跟我講這些話。」黑瓜對老人真的充滿感激。

「年輕人，其實回頭看看人間，有時覺得還滿像煉獄，你在這裡慢慢看吧。」老人語重心長地說，黑瓜當然懂得他的意思。

「老先生，人有沒有下輩子？」

「年輕人，這個枉死城的鬼口也是流動性的，我只知道他們從人間來，至於他們往何處去，我就不知道了，你希望投胎轉世嗎？」老人目光炯炯地問。

　　黑瓜似乎從老人的眼睛裡看到好深好深的兩潭水，就像生與死的奧秘，深不可測，他覺得自己需要時間來思考這個問題，所以他聳聳肩，不置可否，老人懂得他的意思，微微笑著，一步一步地走了。黑瓜看著老人的背影，再看看周遭這些怨眉恨臉的同命鬼，想想人間，想想鬼域，他心裡有許多頭緒要整。

卡片與花

　　原本萬綠叢中一點紅的研究部門，因莉莉的加入，氣氛有了微妙的轉變。這原本就是一家陽盛陰衰的公司，研究部門更是只有明純是綠叢中的那枝獨一無二的花，而這個部門也一直是公司裡最和諧的部門，其他部門的人都酸酸地說那是因為沒有第二個女人的關係。現在新進了一個女人，不，應該說是女孩，大家都有著看戲的心情。

　　莉莉初出校門，看起來清純，光是那一頭烏亮的直髮和一對水汪汪的眸子，就夠惹人憐的。辦公室裡有五位男士，老胡和老張是死會（凡結過婚的都被冠個老字，其實他們並不老。），三位單身的分別是小林、小朱、小吳。明純快三十，姿色不能說沒有一點，但在社會磨了幾年，舉手投足是社會化了，尤其細小的皺紋漸漸爬上她的眼尾和嘴角，和莉莉對照之下，是遜了些。

　　在「一點紅」的時代，辦公室裡的單身男同事，都拿明純當寶貝來看，她也很善用女性特有的手腕，和大家保持良好距離，穿梭在眾男子之間，享受被眾星所拱的感覺。最近她有感於年齡的壓力，想要找個歸屬，因此她和小吳走得比較勤。可是平白來了個莉莉，大好河山丕變，那些單身漢的眼神不約而同把焦距調到莉莉身上，連老胡、老張也對莉莉照顧有加，大家當然也沒過度忽略她，但那種應付的態度，令她分外難堪，

她的眼神漸泛哀怨，竟然沒有人關注到。她一向是有點兒高傲的，把他們都當成是石榴裙下的追求者，為了不讓他們太早失望，所以一直沒定下來，他們難道沒看出她用心良苦？

對這些單身漢來說，原本有點沈悶的辦公室，突然來這麼一朵花，萎靡許久的精神為之一振。明純那種朦朧的態度他們都有點疲了，這一來他們都想犧牲自己，把明純讓給別人，自己重新開始。但很快他們就發現三人都有此意圖，而基於某種他們不願承認的原因，他們堅持要忠於自己的決定，多年來培養出的默契，他們準備再來個公平競爭。至於明純，他們才驚覺這幾年被她耍夠了，再也提不起勁去追她。

莉莉一進入公司，憑著女孩子的直覺，她已能嗅出自己的優位性，情場上她早已是識途老馬，她打算好好來享受一段群蜂追逐的曼妙青春。在校園裡，她不斷被提醒警報拉過了，沒人要的年代也匆匆而過，沒想到一出社會，她成了不折不扣的新鮮人。她要慢慢綻放，充分享受讓群蜂等待的樂趣。對明純哀怨的眼神，她是最敏感的，明純也有意無意拉攏她，希望還能被籠罩在男人們的寵眷裡，但她故意和明純保持相當的距離，因為她一向不喜歡和人分享這種感覺。她很巧妙地和小吳喝咖啡，和小朱看電影，把週末留給愛飆車的小林。工作上她固然表現得像新手，感情上她也讓人家錯覺到她的羞澀，她陶醉在自己營造出來的新鮮感裡。

某個週末，莉莉拉開抽屜，一朵玫瑰和一張小卡片相偎著，卡片上有著娟秀的字跡，數行韻味清芬的句子，似要撩撥

她的心弦。「我才不那麼傻呢，小伙子！」莉莉對著卡片和花說。接下來的日子，每天一朵花，一張小卡片，她由一笑置之到狐疑到期待，對了，期待，她不想期待的心有了期待，她不想歸屬的心有了歸屬的企盼。她開始試圖找出那位有心人，是小吳、小林或小朱？送花人故做神秘，任憑她怎麼探都探不出來。她試著由筆跡去解，但似乎都不像，筆跡可以作假，或者可以替代，這條線索無效。他太會跟她捉迷藏了，明明近在眼前，卻故做玄虛。她甚至懷疑是老胡或老張，結過婚的男人也許更了解女孩子的心意，但也更有口難言吧！如果真是他們其中的一個，她該怎麼辦？幾度主動探尋，五個人她都使盡心思，可是那位神秘者仍不願現身，她只有採取消極的等待，等待贈花人由煙幕走出來，她已經伸開雙臂準備迎向他。

莉莉拒絕了所有的邀約，每天夜裡吻著花，與卡片裡的他會晤，凝視著花，她感受到一股含蓄卻摯熱的情，她想只要她耐心地等，白馬王子終將現身。男子們悵惘地走出她的世界，她有點不捨，但唯有如此，才可讓心目中的他走入她的世界，她很壯烈地要用自己的孤獨喚出他。她把玫瑰風乾，十朵一束地繫上絲帶，算算已經快十束了，她懷抱一顆甜蜜的心，幽幽地等著，不管外面的世界如何在變。

不久，辦公室傳出喜訊，是小吳和明純要走向地毯的那一端，莉莉也以戀愛中的心情祝福他們，對於她與明純曾有過的那種尷尬氣氛，早就煙消雲散了。可以確定的是小吳不是送花的人，有了這種喜事的刺激，也許她的他會迫不及待現身。

餐桌生涯

　　清月決定不下是否該吃掉那殘餘的魚肉，她實在夠脹了，因為她已掃完兩盤菜，很想把魚肉丟掉，但她沒有勇氣蹧蹋食物，可是若不吃掉，明天再擺上餐桌，會去動筷子的還是只有她。唉，嘆口氣望望杯盤狼藉的桌子，就她一個人還在奮鬥，先生照例埋入報紙堆裡，老大是讀國中的女兒，早已去做她那永無止境的功課，兩個兒子，六年級和四年級，如果不吼他們，他們是不會離開電視的。每天都是這樣的生活模式，她沒有上班，大約下午四點多鐘就開始忙晚餐，到功德圓滿離開廚房時，都已經是八點多鐘。

　　今天清月的感慨特別深，因為下午小兒子帶一個同學來，那個同學一進門就咬著兒子的耳根說：「你媽媽好胖哦！」聲音小到剛好讓她聽到。她的胖是屬於中年發福的胖，一胖就好像不可收拾，她想胖的最大原因是吃太多剩菜剩飯。一家五口的伙食硬是那麼難拿捏，女兒的食量隨著情緒起落，但在她沒放學前，誰也抓不住她當天的胃口，兒子正在長，總是狼吞虎嚥，可是兩個都挑食，喜歡吃的東西又不固定。她每天花在揣測他們胃口的心力可不小，看著兒女成長令她很滿足，可是兒女愈長，不但胃口難捉摸，脾氣更是難測，對她也不再那麼依賴，她總覺得若有所失。

　　清月彷彿回到以前的餐桌，主廚的是母親，他們兄弟姊妹五個，一定讓母親更操心，母親比她花更多的時間在廚房，吃的剩菜也比她多。她們姊妹稍長，懂得愛漂亮時，總是挑著青菜吃，母親怕她們營養不良，半哄半逼地要她們吃肉，她們拗不過，就假意吃掉，其實是趁母親不注意時，一骨碌丟進垃圾桶裡。那時丟得毫不猶豫，不知菜價的年歲，揮霍得沒有罪惡感。現在對著一小塊魚肉，她竟猶豫起來！她們是絕不吃剩菜的，剩菜那特有的舊顏色和濁味，永遠上不了她們的口，她們也不要母親吃，嚷著要母親倒掉，可是母親捨不得，只有拚命撐進肚裡，她們覺得母親太胖了，可能會有健康問題。母親依舊是胖的，因為他們一個個離家，沒有人再去管母親吃不吃剩菜了。那時候不准母親吃剩菜，想來是有點跋扈，但那也算是一份體貼的心吧。現在兒女也會嫌她胖，理由卻是她胖得難看，害他們沒面子。

　　母親後來有些嘮叨，為那做不完的瑣碎事，還有隨著他們成長所必須操心的大小事情。出門要不要帶傘都會有一番爭執，年輕人誰愛帶把又土又大的黑傘？淋雨正表現瀟灑！現在也會為了傘和兒女爭執，心裡害怕的是酸雨把他們淋壞了，但他們那想得到雨酸不酸，倒是常把她的心弄得很酸，最後送雨傘的還是她。

　　母親過世前的日子，身體已不太好，清月偶爾回去陪陪她，餐桌上母女對望，母親沒有準備什麼，兩三樣小菜，她一下子就吃光，望著空空的盤底，她感到莫名的空虛，竟然強烈

地懷念起一大家子圍著餐桌的盛況，每一盤都剩一點才感覺有人吃過的溫暖。剩菜就像兒女留下的笑貌，母親獨自在那裡咀嚼，也許別有滋味吧。

印象中好像沒有父親的存在，對父親的記憶很遙遠，事實上父親是很規律上下班的人，只是他不屬於餐桌記憶的一部份，他默默吃飯，吃完就自己看自己的書去了，所有剩菜、母親的胖瘦、孩子成長的困擾等問題好像都與他無關，他很自然被摒在餐桌記憶之外。清月不知道兄弟姊妹們對餐桌的印象如何，她的感受可是隨著孩子長大而愈深刻，以前家裡的餐桌與現在她所坐的餐桌，隱隱有些相同，卻也有極大的不同，是怎樣的傳承她很難說清楚，可以肯定的是餐桌在她的生命裡佔有重要意義，她決定好好來規劃一下她的餐桌生涯。

遺作

「編輯先生：我以一個新寡的未亡人的心情，很冒昧地寫這封信叨擾您，在我是有一份強烈的責任感，一定要完成這件事。隨我的信涵所附寄的是先夫的一些遺稿，下面我就來簡介一下先夫的生平。說穿了，先夫是一個在此濁世中仍秉著一身傲骨的人，他那一肚子不合時宜的學問（以我們對亡者的尊敬，姑且稱它為學問吧。），讓他一輩子註定在滔滔洪流中掙扎，如今他走了，肉體已化入塵埃，可是我想他的精神是不死的。他一生最孜孜不倦的是『立言』的事業，他想把人生最幽奧的哲理昭告世人，但他也知此工作不易，所以他在未達理想前，是不願意把自己的東西拿出來。我是很平凡的女人，我所能做到的僅是讓他無後顧之憂，專心於心靈探索的工作。沒想到他壯志未酬身先死，他走之前曾殷殷交代，要把他的遺稿焚掉，因為他自知未達理想。

近日，我在收拾他的遺物，對著一箱手稿，實在不忍用火燒掉，這些密密麻麻的字正是他的心血，我不懂學問，只知道他每天埋在書堆裡，寫了撕、撕了又寫，最後才存下這麼一箱。他生前不曾投稿，但印象中他曾讚嘆貴報是目前僅有文化薪傳的刊物，所以我不惜違背他的遺言，想請您勞動貴眼，若真的有任何可以刊登的價值，懇請高抬貴手，就算是對一位文化工作者的一種回應吧……」一封冗長的信看得廖宇有點感

動，一位完全犧牲奉獻的太太，要替她的亡夫做一點事，他嘆口氣，好像一則傳奇。他順手拿起那位亡夫的遺稿來看，由字跡就彷彿看得出那種屬於知識份子的固執。蒙他抬愛，還看得起這份刊物，誰不知道在商業掛帥的前提下，這份刊物早已通俗化了，為迎合現代人膚淺的胃口。

　　早已不讀這種東西，乍讀之下有點吃力，這種文章平時他一看到就丟，現在儘管他仔細閱過，他的理智仍很清楚地告訴他，自己的飯碗不能砸。先擱一邊吧，讀這種東西要用不一樣的心情，而他要拾回那種心情，得花一番功夫呢，還是先找出一些可以幫助消化的東西湊篇幅。

　　廖宇想故意忘掉那個未亡人的信，以及那位亡夫的遺稿，可是總有一種揮之不去的感覺縈繞心頭，媽的，中邪了不成，他暗暗叫道。他似乎感覺得到一雙老邁的眼睛在期盼著，他該怎麼做？他可沒有一個肯為他完全犧牲的女人，他幾乎要羨慕起那個老傢伙來了，幹，把那老人想成老傢伙，心裡還有點過意不去，就某種意義來說，那個老人是那個未亡人心中的神呢！

　　報紙正常出刊，廖宇心中更加不安，那個未亡人也許也已風燭殘年，她最後的一點心願恐怕要被辜負了，只是廖宇最近沒事就拿出那些遺稿來讀，慢慢的也讀出些味道來，但是叫他如何高估那些讀者？他倒慶幸自己還是有點文化意識的，狗屎，比起那個亡夫，他充其量可算是個文化侏儒。

　　下班後，他不想太早回家，就跑去bar喝兩杯，煙味、酒味、香水味以及喧鬧聲，是現代都市文化的特色，他習以為

常，想不透會有人一輩子嘔心瀝血在一大堆不合時宜的「哲理」上。浮華的世界啊，乾一杯，幹，眼花了，他好像看到一個老人在向他招手，是穿著舊時代衣服的老人，他猶豫了一下，就越過人群走過去，一個塗著猩紅大嘴的女人朝他噴一口煙，他們都是常客，這也算是招呼吧。可是老人呢？他突然厭惡起自己，有人能一輩子把一盞孤燈，他卻連替那盞孤燈撥個蕊的勇氣都沒有，真是狗屎！

廖宇想了一天一夜，他去見總編，總編不出意料之外泛著一張豬肝臉，他只好獻計了：他提議先寫些導讀之類的玩意兒，並特別強調是遺作，必要的時候封那個老人為隱居的哲學家，再製造些迂曲百折的身世遭遇，這個賣點一定轟動，反正現代人看的是賣點，不是看實質。總編的眼睛咕溜溜轉了不下十圈，斬釘截鐵地說：「小廖，有你就搞定了，但只准成功，不准失敗。」廖宇心裡明白，不成功，就成仁了。他精心地去寫一篇導讀，現在他可是那個老人的知音了，一切就這樣進行著。推出後果然轟動，一些不甘落人後的評論家紛紛撰文評論，反正人是死了，怎麼說都有道理。

廖宇鬆了一口氣，他覆了一封信給那個未亡人，他想像她看信時一定是老淚縱橫。總編可惜這只是遺作，作品可能有限，廖宇特別在信尾詢問是否還有作品，他們可以再出，若作品夠，可以考慮集結成書。未亡人回信來了，信中充滿感激，並表示還有不少遺作，出書應該沒問題。其他報刊很遺憾沒能發覺這樣一顆慧星，他們也千方百計要分點餘唾，有人套交情

找上廖宇，可是廖宇口風很緊，他想那個老人對這份刊物的看重，一定不肯淪為利益輸送的主角。可是道高一尺，魔高一丈，他們也有了那個老人的遺作，各報大張旗鼓，有大戰一場的態勢。

廖宇急忙去信給未亡人，問她原委，她回說有人冒充來取稿子，廖宇怒不可當，老人的東西儼然成為顯學。但如果沒有他一讀再讀，讀出深意，又親受老人顯靈，終於鼓起道德勇氣放手一搏，老人的智慧終將被掩，那將是文化界的一大損失，只是那個老人終究逃不過商業的污染，可恨啊！他要她小心陌生人，不要把作品交給別人。這樣嚴厲把關才免去一場混戰。

老人的遺稿似乎不少，連他的生平也倍受矚目，所幸那個未亡人堅決不受採訪，有一次廖宇表示要去拜訪，被委婉拒絕，他心裡有點不是滋味。不過他換個角度想，那個未亡人只想為她亡夫做點什麼，能讓她亡夫的「學問」面世，她就心滿意足了。

又接到未亡人的信，他以為是新稿，急忙拆開，卻只見厚厚一大疊字，他看著看著，臉色一陣青、一陣白，大熱天裡竟然冒汗，信很長，但有幾句話很重要：「……總之感激你所為我做的一切，以前我的稿子每投必被退，我只有想出這種辦法，未亡人是我，亡夫也是我，一切劇情都是我在編導。這些稿子不是死人的『遺作』，而是被無知的人們『遺落』一旁的作品，經過這次事件，我試探出文化工作者的曖昧，及社會大眾的盲從，文化已死，我該封筆了，雖然我還不到五十歲……」

雙夫命

　　惠茵已穿好禮服，就等新郎來接她去教堂，在這個空檔，她回顧這些年來的點點滴滴……。事情要從五年前談起，那時好友美芬禍不單行，失戀又失業，走投無路之餘想去算命，就來找惠茵。惠茵一向不屑那玩意，也不曾去算過命，美芬說她命太順利，才會不相信有「命」這種東西。拗不過美芬一再央求，惠茵只好陪著去。

　　那算命先生把家搞得陰陽怪氣，胸前還掛一大串念珠，刻意表現仙風道骨的樣子。他要美芬寫下八字，過一會兒，他就對著錄音機滔滔不絕地說美芬的命，只見美芬不斷點頭。惠茵暗自搖頭，瞧美芬那一副失魂落魄的樣子，誰都看得出她有感情問題。算命仙算完了，突然問惠茵要不要算？惠茵愣了一下，她想都沒想過，美芬卻在一旁鼓吹，算命仙也不放過她，她最後只好答應看手相。

　　伸出她那雙纖細的手，算命仙拿放大鏡在巴掌上逡巡，一下皺眉，一下搖頭，搞得惠茵有點心慌意亂，美芬更是看出不妙，忙問：「怎麼啦？」算命仙嘆口氣說：「很有點玄機，要配合八字看比較準。」美芬更加鼓吹，惠茵也有些好奇，就把八字說出來。算命仙問惠茵一些婚姻問題，她回答：「結婚兩年，夫妻恩愛。」算命仙要她先別驚慌，然後告訴她：「根據妳的八字，妳這輩子恐怕有雙夫命。」惠茵非常驚愕，美芬急

著問雙夫命代表什麼意思？算命仙緩緩說道：「現代人離婚率高，也許是離婚，差一點的話，可能是——」「是什麼？」美芬似乎比惠茵還急。「可能是前夫亡故，後夫來替。」惠茵臉色很難看，美芬忙著問化解之道，惠茵卻一個字也聽不進去，「雙夫命」三個字已代表人間一切的聲音。

　　惠茵從小生活順當，嫁給正新後，兩人恩愛異常，她不敢想像失去正新的日子要怎麼過。她真的有雙夫命嗎？如果有，是那一種情況下產生的？離婚還是她命中帶剋？剋死她這一生中最愛的男人，她情何以堪！美芬要她去別處算算，她再也提不起勇氣了。午夜夢迴，她總要伸手探探正新的鼻息，確定他仍有呼吸才鬆一口氣，可是她也因此一夜難眠。美芬說這是命中註定，就像有些男人有雙妻命一樣。她知道有的男人想享齊人之福，就拿這個當藉口，難道真有這種事？她太愛正新了，不管是生離或死別她都不願意。她突然有個怪誕的決定，為了正新和她的幸福，這是唯一的一條路了。

　　惠茵開始物色，在人海茫茫中要找一個「情夫」，有個情夫她就算雙夫，應該可以保住她和正新的幸福。一向把自己的感情圈在正新身上，一時要去找個情夫，談何容易啊！情夫的定義是什麼？什麼樣的男人肯當人家的情夫？要比正新好還是差的？她要怎麼發出這種訊息讓對方知道？這一大堆問題把惠茵攪亂了，這種事又不能隨便問別人，她連美芬都沒說。

　　尋尋覓覓，那個倒楣的傢伙出現了，是一位和她有業務來往的年輕人，沒有正新穩重，但有正新所沒有的瀟灑勁，他叫

向平。向平那種蠻不在乎的樣子正是惠茵心目中理想的人選，她可不想要那種要與她終生廝守的人。惠茵發出的電波很快就被向平接收到，他們很快搭上線，為了要與正新白頭偕老，逢場作戲她稍可應付，連僅有的罪惡感也被那個冠冕堂皇的理由壓下去了。向平倒挺上道，知道惠茵是有夫之婦，也不多要求什麼。惠茵以為她已履行雙夫的宿命，她的人生該不會有什麼波折了。可是，隨著時間一天天過去，兩個男人在她心目中的比重愈來愈不均衡，正新那樸實的個性漸敵不過向平的激情，她無法找到平衡點，竟然無法再與正新有任何肌膚之親。正新也感覺到了，她最後只有請正新放了她，正新知道她有了別人，心中很痛苦，但也只有祝福她。

向平沒料到有那麼一天，他只想玩玩的，他被惠茵逼著結婚，但婚後並不幸福，向平原本就是風流種，那肯安於室！惠茵若與他吵，他就挖惠茵的瘡疤，這種吵吵鬧鬧的婚姻關係只維持半年，最後還是以離婚收場。惠茵傷心透了，她自嘲真是應了雙夫命，但她怎麼也料不到這樣的結局！

惠茵從那時起斷了感情之想，全力在工作上求發展，直到杜啟明出現。杜啟明由國外回來就來公司當她的主管，非常賞識她，兩人很自然地談到感情，只是惠茵希望停留在友誼的階段，杜啟明不要，他以西部拓荒精神來追她，惠茵軟化了。

今天是她和杜啟明大喜的日子，看著杜啟明精神奕奕地向她走來，她知道幸福是什麼了。那個算命先生說她「雙夫命」，看來也並不是很準呀！

泛黃的信箋

　　限氣質端雅之淑女分租，屋美價廉，請洽××路×段××號。

　　在我找房子找得腳快要斷的時候，看到這則分租廣告，不禁有些心動。看了許多房子，設備差強人意的，租金總是嚇人，而租金較公道的，屋況卻都很爛，我幾乎要放棄了。看到這則廣告，也顧不得自己是否氣質端雅，就抱著姑且一試的心理，按址找去了。

　　一到那附近，才發現都是二層樓獨門獨院的小洋樓，我幾乎又要打退堂鼓了，這種房子太貴族化，屋美是確實，價廉卻未必。正想著，不知不覺已來到目的地，把房子端詳一番，庭院的花木修整得很好，樓上樓下的正面都是落地門，米色絲質的窗簾，看得出不是普通人家。我猶豫著要不要按鈴，裡面的門突然打開，一位年約三十多的女人出來，看到我，很端詳了我一眼，就問我：是不是要租房子？我點點頭，她開了外面鐵門將我引進。做夢也沒想到，我真的以廉價的租金住進來了。原來引我進門的女士是在為她母親找同住的人，她是獨生女，一直居住在國外，她母親堅持要住國內，她只好以低價找個可以照應她母親的房客。我搬進去幾天後，她就走了。

　　這位夫人是將軍的遺霜，我都稱她「李夫人」。有位歐巴桑每天會來煮飯打掃，園子也有人定期來整理，李小姐希望我

　　儘量陪她母親用餐，對我而言，這種居住條件真是太好了。李夫人氣質端雅淑靜，雖已滿頭白髮，卻常把自己梳理得很好。她不打牌，也不常和朋友來往，大部分時間都在畫室裡畫畫，她學了多年國畫，畫得不錯，教畫的老師每週來一次。

　　我們較熟稔之後，常會一起喝茶，聽她談些過往的事，漸漸地，也幫她辦些瑣事，像買畫紙、繳些費用之類的。我已經大四，課不算多，但兼了兩個家教，日子也算充實，和李夫人住，無形中也沾染那一種畫意。

　　信箱裡常有李夫人的信，我總是順手幫她帶進去，信封上的字跡很端整有力，我常想現代人誰有這閒工夫寫這種長信？漸漸地我發現信件好像都是同一個人寫的，可以肯定不是她的女兒寄來的，平常也不見她與誰有較密切的來往。

　　每當我把信交給李夫人的時候，都可以感覺到她的期待，接過信的當兒，她的臉上竟有著少女般的光輝，這引起我的好奇心，可是我不敢多問。

　　後來我發現李夫人也常寫信，有一天風雨蠻大的，她要出去，我問她去那裡，她說要去寄信，我義不容辭地要幫她出去寄，她卻連聲說不必，然後自己冒雨去寄掉了。少見她那種緊張的樣子，我對她的信更好奇了，我想她可能不願意讓我知道她把信寄給誰，那也許是她的一個秘密呢！

　　這種好奇心，令我注意起她信件的來往，據我觀察，她每接到信，就馬上回信，而對方也是在接到她信的時候，馬上回

信。在這種資訊發達的時代，即使是熱戀中的男女，也都藉電話訴情衷，誰還有閒情去寫信呢？

　　李夫人寄信時，都會用一個牛皮紙袋把信裝著，以至於我沒法窺見她把信寄給誰。我在她的畫室也找不到蛛絲馬跡，因為除了畫室之外，她還有一個專屬的書房，而那個書房平常是鎖著，我沒有機會窺見。

　　喝茶聊天的時候，我偶爾會提到相關的事，希望她能透露點什麼，可是李夫人似乎有意規避。她這種態度，引起我更大好奇心，可是李夫人大概也察覺什麼，她最後把信箱也上鎖了，她的理由是信箱在外面，怕頑童伸手把信件拿走，我的信件倒由她轉交。

　　畢業在即，我正為工作煩惱，李夫人說要幫我介紹一份工作，也就是她希望我能留下來陪她。近一年的相處，我覺得她人很好，房租對我們而言，只是象徵性的，我也就接受她的安排，加入上班族的行列。

　　某天早上，煮飯的歐巴桑急急來敲我的房門，她慌張地說李夫人病倒了。我急忙起來，我們合力把李夫人送進醫院，但已回天乏術，李夫人走了，我感到一份莫名的悲傷。

　　通知李小姐回來辦後事，我們一起整理李夫人的遺物，整理得差不多了，我想起還有書房未整。李小姐說她母親的書房不輕易讓人進去，我們對了好多鑰匙才打開，裡面的陳設很簡單，一個大書櫃裡陳列很多書。另有一個小木櫃，木櫃裡放好

多信件，不，應該說是信封，因為當李小姐拿起那些信件的時候，才發現裡面都是空的。那些信封我很熟，因為有一陣子都是我幫忙拿進來的，筆跡都出自同一個人。我們以為信被另外放了，李小姐似乎也急於揭開謎底。剛好木櫃一角有一個小木盒，很精緻的小木盒，李小姐手有點顫抖地打開，那一刻我也屏著氣，深怕一個大呼吸，會吹走什麼似的。當李小姐把箱子打開後，發現裡面只有兩張泛黃的信紙，紙上的字跡和那些信封一樣，只是好像經過長期摩娑，紙質反而亮了一點。李小姐皺著眉，她顯然也迷惑了，我不好意思去看信的內容，也不敢問是怎麼回事，就裝著整理東西。

　　李小姐連續看了好多次，眼淚慢慢流下來，我不知該怎麼辦，李小姐好像突然記起我的存在，說：「小珮，我母親信中常誇妳乖巧能幹，她心裡已經把妳當女兒看待了。」我不知道李小姐為什麼跟我講這些？

　　她停了一下又繼續說：「我想我大概知道這封信的故事了。我媽媽以前有個情人，但是一場戰爭把他們拆散了，這封信是她那個情人寫給她的最後一封信，也是母親唯一帶出來的一封信，幾年前我母親就打聽到那位情人早在抗戰時死了。」我一聽背脊涼涼的，忙問：「那這些信封……」「應該是我母親自己寫的，我母親模仿字跡的能力很強，她就照著她情人的字跡寫。」

　　李小姐又說道：「他們那一代的感情碰上時局變動，真是愛得深，也愛得苦。

　　母親心中永遠有一個遺憾，我父親在的時候，她還有個感情上的依靠，可是幾年前我父親過世，她顯得很落寞。後來我又去了美國，我想她一定更寂寞，所以她把這封情書一次又一次地寄給自己。」

　　我心裡想：妳父親呢，難道妳父親在她心目中一點地位也沒有？

　　李小姐嘆了口氣又說：「我想母親並非不愛我父親，只是我想她那位初戀情人，永遠藏在她心中一個很珍貴的角落吧！」

　　良久，我說不出話，愛可以是這樣天長地久，我不知道李夫人用什麼樣的心情來封緘，但這封泛黃的情書，真的是勝過千言萬語。對現代人而言，這種感覺是太陌生了一點。

愛的變奏

一大早採花王哼著歌進來，臉上盡是春風，衝著我就蹺起大姆指說：「正點！那一張Face，那一副身材，真是個尤物。」

採花王是我們為王家生取的諢號，因為他像蜜蜂一樣，見漂亮的花就採。昨晚湯尼辦生日舞會，採花王也在受邀之列，他一定又有斬獲了。

「我已經問到她的電話，準備展開攻勢，你看我的。」

我瞇起眼睛，彷彿看怪物一樣，看著眼前這位同事，冷冷地對他說：「你忘了淑萍嗎？」

淑萍是我妻子的同事，有一次妻子請她到家裡來吃便飯，不巧採花王這不速之客也來了。那一晚沒有別的女孩，採花王就對淑萍猛獻殷勤，挾菜、遞茶，把淑萍服侍得跟老佛爺一樣，還講了許多笑話給淑萍聽。淑萍那天破例沾了些酒，微紅著臉，淺笑著聆聽採花王天南地北地蓋。

妻子趁淑萍在廚房幫忙洗碗的時候，警告採花王說：「淑萍可是個乖巧內向的女孩，她也不是你欣賞的類型，你別對她動歪腦筋。」

採花王笑嘻嘻地說：「大嫂教訓的是，我平常很受大嫂照顧，所以今天也就半當主人一樣，對李小姐多照顧一下，我自有分寸。」

　　妻子聽了他這話才放心，因為採花王花名在外，身旁女友不斷，總是玩玩就甩，妻子為單純的淑萍擔心。

　　隔天我到公司卻聽到採花王有不同的說詞，他說他決定追淑萍。我說：「你昨天答應過我太太，不去惹淑萍，何況她又不是你喜歡的類型。」採花王慢悠悠地點隻煙，長長噴了一大口煙，說：「你知道我和曉倩剛分手，現在身邊沒有比較好的女朋友，雖然淑萍不是我喜歡的類型，但是你聽說過沒有，吃膩了大魚大肉，偶爾也要來點清粥小菜。淑萍這種女孩子純純的，正是我目前可以要的。」

　　我幾乎要握起拳頭揍這個魔頭，他一向是見一個追一個，找的對象都是漂亮帶妖嬈的那一類型，那種女孩一般也比較愛玩，大家玩玩，玩膩了，大多能瀟灑地說再見，可是淑萍不一樣，她對什麼都很認真。

　　我勸不動採花王，回家趕緊跟妻子說，要她暗示淑萍。妻子聽說採花王要追淑萍，非常憤慨，恨不得把他的十大罪狀寫下來，公布給天下女子周知。

　　唉，也合該淑萍有此一劫，儘管妻子明說暗喻，她還是一步步掉入採花王愛情的陷阱。採花王長得非常討人喜歡，那張嘴更是能言善道，女孩子很少能抵擋住他的魅力，而他也樂於在花叢中穿梭，才會贏得採花王的臭名。

　　淑萍自從與他來往後，較少與我們接近，因為妻子總喜歡勸她離開採花王。她正陶醉在採花王的愛情蜜汁裡，哪裡聽得起別人的勸！

正如採花王說的，淑萍是清粥小菜，對採花王這種老饕而言，清粥小菜無法久嘗，現在又有他夢中的情人出現，淑萍被甩的機會可大嘍。

採花王聽我提到淑萍，眉頭一皺說：「感情的事本來就勉強不來，我給過她很多快樂，這不就夠了。」

我暗示他，淑萍跟他平常交往的那些女孩不大一樣，他白眼一翻說：「女人就是女人，還有什麼不一樣，老秦，你放心，我會處理得很好，在這方面，我的經驗很老道。」

的確，採花王甩女孩子的功夫，不亞於他釣女孩子，他會製造各種不得不分手的理由，陪著女孩子傷心落淚一場，讓女孩子心甘情願與他分手。

我和妻子談論一番，覺得他早點放了淑萍也好，免得淑萍將來更痛苦。

採花王怎麼跟淑萍說的，我們不曉得，妻子說淑萍整個人心神不寧，瘦了一大圈，她百般勸慰，也無法讓淑萍釋懷。醫療傷口總要一段時間，我們就任由她去。和我同辦公室的採花王，卻不斷有新進展向同事們吹噓，我幾乎把他列為拒絕往來戶，不太與他說話。他也樂得不必聽我教訓，只把他的羅曼史講給那些單身的同事聽，聽得他們豔羨不已。有時候還故意把女朋友帶來秀一下，讓其他人流口水。

有一天，採花王請假沒來，我以為他又陪女朋友去玩，沒想到他當天晚上跑來按我家的門鈴，哇，一個翩翩佳公子，卻紅著一雙眼，一副失魂落魄的樣子。妻子當然沒給他好臉色

看，我看在同事一場的情面上，請他進來，倒杯熱茶給他。他像喝毒藥一樣把茶吞下去後，囈語似地說：「我要結婚了。」妻子聽了冷哼一聲說：「那還真該恭喜你，這樣淑萍也可以死了這條心。」採花王眼神暗淡地說：「我要和淑萍結婚。」

　　我和妻子聽了這話都瞪大眼睛瞅著他，但看他的樣子又不像在說笑話。

　　後來採花王終於把事情的原委說清楚。原來他諍個理由，提出要和淑萍分手的要求，淑萍雖然很痛苦，但也勉強接受這個殘酷的事實。淑萍說她心情不好，要到南部朋友家散散心，希望採花王最後陪她走一趟，從此兩人各奔前程。採花王答應陪她走一趟。沒想到淑萍在高速公路上演出瘋狂大飆車，時速高達一百六，由於心情激動，方向盤把不穩，還一路蛇行，險象環生。就在那種險狀萬分的時候，她斬釘截鐵地問：「要不要和我結婚，不要就同歸於盡！」在那種情況下，採花王能說「不」嗎？

　　採花王原以為淑萍這種女孩子心軟，應該很好打發，卻沒想到陰溝裡翻船，平日溫柔依人的淑萍，發起狠來連性命都可以不要。由於過度驚嚇，採花王臉上神采盡失。

　　妻子有點幸災樂禍地說：「淑萍勤儉持家，會是個好太太，至於你，婚後一樣可以做你的採花王，她能對你怎麼樣？」採花王訕訕地說：「大嫂，我今天才算真正認識淑萍，她外表溫柔，內心可比誰都剛烈，和她結婚，我難保不會有菜刀抵住喉嚨的機會。你沒看到現在殺夫案有多少啊！我相信她

做得出來。」「哈哈哈，你這叫夜路走多，碰到鬼了，淑萍總算為那些被你騙的女人出一口氣。」妻子難得笑得這麼開心。

採花王知道再待下去，只有自取其辱，就悻悻地走了。

妻子急急打電話給淑萍，想勸淑萍打消和採花王結婚的念頭，因為這樁婚姻可能會釀成悲劇。可是電話沒人接，我們都急死了，擔心她想不開。

第二天，淑萍還是沒有去上班，妻子回來後，猛問採花王這一天的表現。我說採花王現在一副無精打采的樣子，今天他接了幾通電話，神情都很慘淡。

吃完晚飯，淑萍跑來了，神情很疲憊，但卻顯得滿堅強的。妻子問她，是不是真要和採花王結婚？

淑萍頭一仰，哈哈大笑說：「嚇他的，他還當真啊！」好個淑萍，完全不似以前那種小媳婦的可憐樣，也許她在這段慘烈的愛情裡學到什麼。

她繼續說：「我知道他有分手的意圖時，真的非常痛苦，我是那麼全心全意對待他，為了他，我把你們這些好朋友都排拒在千里之外。我父母親見過他，都說他不可靠，我還和父母鬧翻，沒想到他果然只是在玩弄我。我愈想愈不甘心，當時也拚著一股意氣，想大不了與他同歸於盡。你們都不知道，在高速公路上，他那副怕死的表情，啊，我永遠忘不了，也讓我徹底對他死了心，原來他也不是什麼英雄嘛！」

英雄？採花王非但不是英雄，還像狗雄一樣，因為淑萍事前把他新任女朋友找出來長談，那個女朋友決心不再理採花

王，現在採花王是兩頭空。憑採花王的手腕，不難獵到新獵物，只不過高速公路那一場驚魂記，讓他餘悸猶存，一時怕恢復不了那種滿面春風的模樣了。

愛美一族

　　我覺得自己好像住在醫院裡，但見滿眼傷殘的同胞，把紗布纏繞得很像一回事。她們堅忍不屈，百折不撓，正和與生俱來的不完美抗衡。我看在眼裡，笑在心裡，無語問蒼天，「美」這一字，害盡天下多少嬌嬌女！

　　這事從何說起？且說某天佳佳為了增進自己的文學涵養，捧了一本厚厚的古典小說猛啃，突然她發出一聲長嘆說：「對，就是這雙腳丫子害了我！」她當下把書本一丟，急匆匆跑出去，買回一大綑紗布，把自己的腳丫子重重捆綁，像綁端午節的粽子一樣，裹得密不通風。

　　我忍不住問她：「你發什麼癲，跟你的腳有仇啊？」

　　她一本正經地說：「何莉，你知道我的戀愛為什麼都夭折嗎？就是這雙大腳丫害的，現代男人的審美觀其實沒有擺脫古人的範疇，換句話說，就是還有著三寸金蓮式的崇拜意識。」

　　佳佳不愧是讀進一點古書，講話也這麼有學術氣，不過在即將邁入二十一世紀的現代，我可不敢苟同她這種撈啥子論調。就身高體重的比例而言，她的腳丫是大了些，但一向崇尚女性主義的她，怎麼受這種封建思想的害。基於同室情誼，我一定要喚她回頭。我苦口婆心勸她：「現代女人和男人一樣，站在平等地位，有一雙大腳丫，正可以凸顯你足下的寬廣，可以與男人同步天下，一展胸懷。你把腳弄小了，難不成要去當

人家的小老婆，一輩子養在金屋裡。」「何莉，你這個書呆子，沒嘗過失戀的痛，所以對男人無法了解到骨髓裡。」佳佳急切反駁，我一時啞口無言，誰叫愛神的箭還沒穿過我的心。

另兩位室友韻秋和曉霞回來，看到佳佳那副模樣，都笑得花枝亂顫。我們四個人會湊在一起住，不是沒有原因的，最重要的是我們都是新時代的女性，許多想法與做法「不讓鬚眉」，如今佳佳裹小腳的舉動，無異是種「反革命精神」的表現，為我們帶來可怕的危機感。

曉霞見勸說無效，嘲諷地說道：「我聽我的祖母說，裹小腳要用馬尿泡，效果才會好。」這句話聽在佳佳耳裡，竟如同金科玉律，她喃喃自語，我們都認為她著魔了。

從此每天晚上，佳佳在臨睡前總要進行她的「日行一裹」，把兩隻腳丫纏得像重度傷疾，斜躺在床上，繼續看那本害她著魔的小說。而她也總是對著她那一排如船之鞋說：「諸雙航空母艦，有朝一日，我就要和你們說拜拜，然後就會有許多男人拜倒在我的三寸金蓮之下。」

有一天晚上，嗅覺最靈敏的韻秋吸了吸鼻子說：「哪來的尿騷味，喂，今天阿蘇有帶他那隻癩痢狗來我們這裡嗎？」阿蘇住我們樓上，沒事喜歡帶他那隻寶貝狗來閒扯淡。

「沒有啊，不過，我也聞到一股怪味。」曉霞跟著應和。

我是行動派的，馬上展開怪味搜尋，循著那一縷味道，最後我的鼻子落在佳佳的腳丫子上。在我們「三娘會審」之下，她坦承以一條口香糖引誘隔壁男童提供她一泡尿，天啊，要我

們在滿室尿騷味中安枕，多麼殘忍。在我們的威逼之下，佳佳無限委屈地丟掉她那條又臭又長的裹腳布，換上新的紗布，並保證不再犯。

日子在單調的軌道中飛逝，我們這幾個年輕女孩，上班之餘，趕聽幾場音樂會，或看幾場舞臺劇，也很努力在與異性玩追逐遊戲。對於佳佳的裹腳行為，我們已由驚訝轉為習慣，甚至能視若無睹。但愛美的心好像癌細胞一樣，會在無形中擴散，等你驚覺時，已經無藥可救。

一向對自己的蘿蔔腿很有意見的韻秋，不知何時也悄悄買了紗布，把兩隻小腿肚紮得密密實實，那些跟著她二十多年的肉，突然間似成了她的仇人，非得去之而後快。為了加強效果，她還把兩隻受酷刑的腿吊得高高的。她和佳佳兩人方式不同，目標卻一致，所以成了親密戰友，彼此交換心得，互相打氣。現在是二比二的局勢，我趕快觀察曉霞的身材，深怕不久後我要被孤立了，還好，曉霞雖然瘦一點，身上倒沒什麼嚴重的缺陷。

我笑著跟韻秋說：「從前有一個媽媽，為了要女兒的腿挺直好看，從小就在她女兒睡覺前，把她女兒的腿來個五花大綁，結果那女孩的腿確實挺直美麗，可是腦袋瓜和腿一樣，直楞楞，毫無想像力可言。」

韻秋聽出我話中之話，沒好氣地回答：「何莉，男孩子再具有透視力，一看到一對『錘錘』的蘿蔔腿，就失去那種透視力，而你那豐富的想像力，留著去寫愛情小說吧！」

　　曉霞和我相對一笑，還好，吾道不孤，她們好像開始為取悅男人而活，我們還是能保有自我，活得灑脫自在。

　　正當我對那兩條被吊的蘿蔔腿漸漸習慣之後，癌細胞卻侵入我方陣營。某天下班後，曉霞靦腆地要我幫她扣內衣。她拿出一套嶄新的內衣，告訴我那叫「調整型內衣」，可以幫扁平的女性矯正體態。現代人以波霸為美，一向保守的東方女性，一改以往陳腐的觀念，決定不擇手段讓自己「凸出」。我以壯士斷腕的心情，準備送戰友到敵方陣營。待我不經意問了價錢，差點嚇掉我這有點戽斗，又不會太戽斗的下巴。我雙手麻木，硬是扣不下去，後來還是佳佳幫忙完成這項偉業。同樣是愛美族的，佳佳聽到那個天價可以臉不紅氣不喘地幫她扣好鉤子，我卻在心裡盤算，我寧願捏頭掐尾過日子，省下那些錢，存到銀行裡，當自己的定心符。

　　她們三個人熱衷地談起波霸尺度，我則像被十面埋伏的項羽，心中感到徹底的孤獨。有誰說過，女人的錢最好賺，從頭到尾，由裡到外，都可以大做文章。「何莉，其實站在好朋友的立場，我們該提醒你一下，你的腳丫子不小，小腿也有點肚子，胸部嘛，還可以伸展，至於你的下巴，說不定也可以……」「住嘴，你們這些愛美不怕死的，我對自己有信心，我堅信內在美比外在美更重要！」沒等佳佳說完，我打斷她的話，並丟下一句豪語，就衝進洗手間。

　　我的情緒非常激動，從腳到頭，把自己看個夠。要和伸展臺上那些模特兒比，我的確是遜多了，可是如果女人個個像模特兒，這世界未免太單調！

　　洗臉臺映出我因生氣而有點扭曲的臉，本來不太戽斗的下巴，竟成了個大戽斗，可以接住天上掉下來的金子了。我已經習慣自己長這個樣子，不能想像沒有戽斗的我是什麼樣子？難不成我也拿條紗布把下巴當囚犯捆住，造就出一張標準的臉？

　　哦，不止是下巴，我的腳Y子需要紮成肉粽，小腿肚要紮成木棍，還要穿上調整型內衣，那不成了大怪物！

　　曉霞覺得自己的腿有點O型，所以效法韻秋，捆上層層的紗布，並吊得老高。至於調整型內衣，她們都穿上了，每晚，我好像睡在傷殘醫院。她們很有耐心地捆著自己，期待有朝一日如浴火鳳凰，成為標準的美人，然後白馬王子就會出現在她們的生命中。

　　我不知道親愛的室友們身材改善了多少，也沒有心去探究，因為我正談著如火如荼的戀愛，約會回來，我堅持不讓男朋友進屋喝杯茶，因為我不能想像，當他看到滿室傷疾時，會不會嚇掉他的下巴？附註：他的下巴和我一樣，有點戽斗又不會太戽斗，人家說擁有這種下巴，福氣來了跑不掉，我不愛美，就讓我擁有這點小小的迷信吧。

啞妻

　　「BLUE」的星期一，一大早辦公室就死氣沈沈。我打著哈欠，昨天陪太太回娘家打了一天麻將，精神還沒恢復過來。這時方明進來，竟然哼著歌，莫非太陽打從西方出來？大家都訝異地瞅著他，他輕快地揚揚手上的盒子，是包裝精巧的禮盒。

　　「我請大家吃巧克力。」方明嘴笑眼笑地說。「喲，今天是什麼大日子，憂鬱小生方明請大家吃糖！」快嘴的小張一邊說著，一邊向他走去。大家也是一臉的好奇。說起方明，不知道從什麼時候開始，他上班始終就繃著一張臉，眉頭也一直打著結，所以我們封他為「憂鬱小生」。他很少笑，一開口就是抱怨，因為他娶了個多嘴的老婆。據他形容，他老婆一天講的話可以抵上他講一個月。「女人總是多嘴嘛！」同事們經常這樣勸他，希望他看開點，但他老看不開。他說，每天一回家就得接受老婆的疲勞轟炸，張家添個寶寶，李家死條狗，他老婆都可以繪聲繪影、添油加醋，說得口沫橫飛。他如果聽得心不在焉，還會被老婆抱怨他不關心她。老婆的話愈多，他的話就愈少，用一張陰鬱的臉回報，但他老婆似乎絲毫不受影響，每天仍舊興沖沖地向他播報一大堆馬路消息。

　　有一陣子，方明很認真考慮要離婚，以「老婆多嘴」訴請離婚，在法律上不知能不能站得住腳？再說兩個半大不小的孩子怎麼辦？更現實的問題是，他們現在所住的房子還是老婆

的嫁妝，如果離婚了，方明馬上無家可歸，以他這種小職員的薪水，要租房子，還得養小孩，實在可怕到不能想像。就這樣一天一天，他一直活在不快樂的世界裡，他老婆也一直沒有覺悟，還直拿他當聽眾。

同事建議方明去找婚姻專家談談，也許可以透過一些權威人士，解決他們婚姻上的盲點。但方明是個好面子的人，哪裡肯去找那些所謂的婚姻專家呢？他說：「什麼叫婚姻專家？等他們自己碰到真正的難題，他們就再也說不出什麼道理了。」

我們辦公室的氣氛一向和諧，大家已經習慣把方明那張陰鬱的臉當成背景，而忘了他的存在。但今天一大早他哼著歌進辦公室來，還買盒巧克力要請大家吃，我們才又重新感覺到他的存在。好吃的小杜馬上動手拆巧克力，精美的包裝，誘人的味道，把藍色的星期一抹上一道彩虹。大家吃在嘴裡，甜在心裡，連忙稱謝。我再也忍不住，問道：「方明，怎麼回事，你撿到金塊啦？」

「我看八成不是，一定是有什麼豔遇，因為巧克力代表愛情嘛！」小張正當七年之癢，天天想著豔遇。

「我想可能是哪一家公司高薪挖角，你準備跳槽了。」小杜這小妮子，有得吃，嘴巴馬上變甜了，她很有把握地猜測。說實在，憑方明那副陰沈沈的樣子，只有殯儀館會來挖角。

方明伸出舌頭舔舔嘴角的巧克力，故作神秘地說：「我昨天耳根清淨一天啦！」

　　大家又忙不迭的猜測，是太太回娘家或是他離家出走一天等等，他都搖頭。大家都很好奇，但他卻不急不徐的喝完一杯水後，才慢條斯理地說：「前天晚上，我實在被她吵煩了，就大聲對她說：『早知道，我就娶個啞巴太太！』她兩眼發直的瞪了我一眼，就轉頭走進房間，從那時候開始，就沒有再對我說過一句話。」大家拍手歡呼，好賭成性的小蘇把握機會說：「我們來打賭，看方明的太太能忍耐幾天不講話？」辦公室一下成了賭場，三天、五天之聲此起彼落，天數愈多，賭注愈大。

　　接下來，我們每天都聽方明新的報導，他的老婆果然再也不跟他講話。每天只要方明一踏進家門，家裡面都是靜悄悄的，孩子們也不多話，逕自做自己的功課。

　　又到了藍色的星期一，大家又有點死氣沈沈。不久，方明進來了，我們希望他提供一些新進展，活絡大家的情緒，但他的表情，似在一片灰濛濛的天空再添烏雲一樣，又恢復以往那個要死不活的樣子，不，比以前更糟。我們猜想他老婆大概恢復原狀，他的耳根又不得清淨了。

　　可是我們都猜錯了，方明的老婆還是不跟他講話，方明開始感到吃不消。家裡死氣沈沈，他刻意找話和孩子談，才發現和孩子沒什麼話可談，養兒教子的事一向落在老婆身上，他很少注意到孩子。更氣的是他那「啞妻」，神色一直很自在，洗完碗筷，就和孩子一起在書房裡看雜誌、聽音樂。方明做什麼事都覺得不對勁，一個人看電視索然無味，看書沒心情，打電

話找人聊天，久了也沒趣。上一個週日，他第一次享受到耳根清淨的日子，感覺時間過得很快；這一個週日卻度日如年。

辦公室的同仁馬上提出建言，紛紛提供秘方。有的是親身經驗，有的是從朋友那裡得來，不知道第幾手的秘方。那些方法不外乎「苦肉計」、「燭光鮮花計」、「寶石贈美人計」、「找婚姻專家計」等等，方明一時不知該用哪一計。只是他常常喃喃自語說：「其實她說的也不完全是沒有意義的話。」

方明的事還沒有解決，倒是我們這些做丈夫的，跟太太講話的時候就小心多了，免得一句氣話，惹來和方明一樣悽慘的下場。方明曾經感慨地說：「真正的啞妻，還能跟你比手畫腳，這種啞妻，卻讓你吃不消。」

看來解鈴還是要繫鈴人，這一場戲，我們只能當默默為他打氣的觀眾。

奇緣絕配

　　阿良，十分鄉土的臉上，嘴邊長蓄短髭鬚，身材矮胖，顯得有幾分憨。數年前，他在臺灣混得不好，就抱著冒險的精神，趕上別人移民南非的熱潮，他也以觀光身分，自臺灣遠渡重洋，千里迢迢到南非，從此留下來。由於他並沒有挾帶龐大資金，幾年混下來，依舊兩袖清風。他到處打雜，在龍蛇雜處的場所待過，曾經在緊張狀況下，展現幾招黑人最為崇敬的中國功夫後，混口飯吃比較容易，且不挨槍子兒。

　　後來，阿良認得幾位台灣來的鄉親，都是生意做得不錯的商人，阿良考慮到自己年歲不小，不想再在多風險的江湖上混，就與這些商人結交，攬些簡單的鐵窗、圍牆等工程來做。

　　四十唥噹歲上的阿良，在這種族混雜，有白有黑也有黃的國度，竟然和一個「黑婆」（當地華人對黑人女子的通稱）談起戀愛。這種情況在鄉親界並不多見，大家都挺好奇，待見過黑婆後，更覺得阿良與他的黑婆，真可說是奇緣絕配！

　　儘管各種族通婚已非常普遍，但黃黑配還是少數，再說他們之間存在許多對比。阿良有張圓盤形、輪廓扁平的東方臉，黑婆卻是削長形、輪廓分明的土著臉。阿良是臺灣的一介小民，黑婆卻聲稱是某部落的貴族後裔。阿良才小學畢業，黑婆卻擁有大學文憑。他們在年齡上，也有十多歲的差距。不過，這些對比都不夠奇，最奇的是高度：阿良一百五十多公

分，黑婆卻有一百七十多公分。兩人在一起，活脫是另類的七爺八爺。

阿良會兩種語言：臺語、臺灣國語。黑婆說她能通七種語言，南非由於種族複雜，光是官方認可的語言就有十一種，所以她通七種語言應非誇大之詞。阿良混跡南非數年，英語仍「不通，不通」，但他倆卻默契十足。有時黑婆說的話，阿良聽不懂，他就以「You say what?」反問，黑婆就會再加以說明。

聽說此黑婆身為長女，依黑人習俗，被視為祖母的轉世，所以在家中地位高，養成懶惰的個性。不知阿良仔為什麼要她？和黑婆聊天，覺得她的談吐的確不俗，她為自己和阿良如此千里結緣而高興，還準備把他們的戀愛故事寫出來。這倒令人反過來想，她圖的是阿良的哪一點？阿良的母親特別遠渡重洋來看看這位準媳婦，也不知她們是怎麼溝通的，總之，準婆婆大概認可了，放心地回台灣去。

某一天早上，我們到朋友李先生家打網球，李先生接到莊先生一通電話，才知當天是阿良的大喜之日。我們都覺得很驚訝，因為李先生算是相當照顧他的一位朋友，為何通知得這麼晚？何況在我們的印象中，結婚之前不是還有訂婚吃喜糖那些繁文縟節嗎？李先生邀我們同往，我們這才迅速回家換裝，在海外第一次參加婚禮，不能失禮。李先生開的是賓士車，在南非，這種車都在被搶的熱門車種前矛。由於黑人區治安不好，李先生還特別把手槍給帶著。因為新郎有部極老的老爺車，都

曾被歹徒盯上，當時車上還坐著黑婆當警察的弟弟，發現有人搶車，緊張之下扣動扳機，把車門打個破洞，也因此把歹徒嚇走。我們暗自祈禱不需要用到手槍，畢竟這是喜事，而且生平沒躲過子彈，我可是穿著長裙，踩著高跟鞋……。

　　李先生把車開到莊先生家會合，莊先生說他一直聯絡不到阿良，我猜他上美容院去整修門面，這可是千載難逢的日子。不久阿良出現了，天啊，他不斷顛覆我對婚禮的傳統印象，他根本不像是要當新郎的人，身上穿著工作服，腳上趿著拖鞋，頭面更沒有整修過的痕跡，最好笑的是他仍一派悠哉狀，說他剛去做了些工，好像新郎不是他。真是「皇帝不急，急死太監」，我們七嘴八舌要他趕快回去換衣服、穿鞋子。好容易他準備就緒（還是不太像我印象中的新郎倌），三部車開往新娘的家。

　　所幸，新娘家在黑人住屋中較高級的區，屋不大，卻門戶獨立，整體治安似乎不錯。她的家人都已盛裝等待，看到新郎的父母，對阿良的姻緣就可尋出脈絡了。原來新娘的父親身材與阿良相似，就是白冰冰說的「EVERYDAY」（矮、肥、短），看起來已是個老頭樣，而新娘的母親卻顯得年輕而高姚，和新娘酷似姊妹。新娘沒有穿白紗禮服，不過身上一襲白色套裝，不失端莊大方。照幾張相片後，大夥人就驅車前往該地的辦事處公證結婚。

　　小地方乍然來這麼一票外國人，還有一輛亮眼的賓士當禮車，引來不少好奇的眼光。婚禮在簡單隆重的氣氛下進行，那

　　些公務員態度很好，他們也很為這一樁異國情緣祝福。新娘子
一臉幸福洋溢的樣子，她的父母、弟妹也很高興。也許是路途
遙遠，加上阿良的經濟狀況不好，無法風風光光把家人請來。
這也是我第一次參加沒有新郎親人參與的婚禮。

　　婚禮順利完成，不知為什麼，新娘的親人兀自回去，一對
新人與我們這五個朋友，驅車前往附近一個賭場吃飯。莊先生
可能對那賭場「貢獻」良多，擁有那裡的金卡，用餐有優待，
他算是為阿良的婚禮祝福，請大家在那裡吃一餐。我們手持啤
酒，衷心祝福這一對絕妙的異國鴛侶，從此過著幸福的日子。
不過，我們都很好奇，他們這對絕配會生出怎樣的下一代？

網路爸爸

　　安莉下班後一回到家，馬上換一套家居服，然後蜷縮在沙發上「用功」。茶几上的三明治和旁邊那一疊書比起來，顯得很渺小。兩三個鐘頭過去了，安莉沉浸在書的世界，忘了飢餓，忘了周遭的一切，燃燒在她心中的是一個「夢想」。

　　作為一個單身粉領族，安莉原來的休閒生活很多樣化：到茶藝館品茗，到PUB小酌，到KTV酣唱……。如果哪裡都不去，一回家先泡個泡沫澡，伴隨輕柔的音樂與香精的氣息，身心輕飄飄的。之後，動手弄個簡單又可口的晚餐，邊看電視邊享用。睡覺前捧一本服裝雜誌，就著床邊柔和的燈光翻翻，累了把燈一關，進入甜蜜的夢鄉。如今，是那個「夢想」把這種生活翻轉了過來。

　　安莉此時手上捧著的書叫《如何進入青少年的心靈世界》，是她以前想都沒想到要碰的書。今天在公司，同事曉芸看她借的這些書，直罵她「神經病」，還叫她少作白日夢。

　　是白日夢嗎？不是，是一個真真實實的可以擁抱的夢，這個夢想將是她生命中的一次大革命，她要按部就班去完成。眼前她正抓緊一個預習機會，若預習成功，她可以更有信心地展開她的夢想。

　　安莉的夢想是要當一個「不婚媽媽」，所謂「不婚媽媽」就是指一個成熟的女性，她具有相當的經濟能力，她不想有婚

約的束縛,卻想懷孕生子,獨立撫養孩子。二十世紀末,許多顛覆傳統的光怪陸離的觀念產生,「不婚媽媽」即是其中的一種。剛開始是一些名女人的前衛作風,慢慢的流風吹到一些單身粉領族的腦中。不過諷刺的是那些名女人並非真正的實踐者,封她們一個「不倫媽媽」的名號還差不多,因為她們大多是跟一些有家室的富商或要人產生不倫之戀,因戀情不便公開,才拿「不婚媽媽」當幌子。一旦對方把前妻問題解決掉,她們馬上帶著孩子認祖歸宗去。這種婚外情的老把戲,實在有虧不婚媽媽的新意。

安莉自甘平凡,不想靠這個來譁眾取寵,她是真心誠意要做個不婚媽媽。有時想想自己為什麼會有這個夢想?原因大概是對婚姻的失望吧!自小看著爸媽三天熱吵,五天冷戰,而其他家庭也好不到哪裡。只是媽媽成天嘮嘮叨叨,對她曉以婚姻大義,並進行各種威脅利誘的手段,她只好認命地把結婚視為必走之路,明知有風有雨也要走進去。認認真真談了幾次戀愛,都沒有結果,最後,終於碰到一個可以託付終生的人,她還背著父母,偷偷和他同居,只待經濟穩定,就要向雙方父母稟告。誰曉得才同居半年,彼此就無法容忍,痛苦地分手。從此,安莉對婚姻絕緣,媽媽的嘮叨都當成耳邊風,反正家遠,一年才回去一兩次。

恢復「單身」的安莉,加入獨身貴族的行列,自由自在。結交一群氣味相投的朋友,又購置一幢溫馨的小窩,從某些層面來看,生命自有它完滿的形式。網路的普遍發展,更讓安莉

有「獨身真好」的感覺，就在一個斗室裡，一片螢幕，一個鍵盤，讓她與無遠弗屆的世界聯繫。最痛快的是可以虛擬自己的身分，在網路世界進行社交。

網路世界漂泊著許多孤男寡女的遊魂，安莉常化身為各種遊魂，與不同類型的遊魂交談，大家都以虛擬的身分，談些非常真實的感受，真實到不可跟現實世界的親人或朋友說。她最喜歡和一個叫「流浪漢」的傢伙對話，那傢伙上自天文下至地理，似乎無所不知，更妙的是常有一些怪怪的想法，例如他說日本的富士山是上帝模仿大便的形狀創造出來的，地心引力是愛情的魔力造成的等等。安莉自小是中規中矩的女孩，思想觀念都在大人設定的框框裡，進入社會這些年，稍稍脫離母親的監控，有時隨時代的波潮波動，但她還掰不出流浪漢所獨創的這一類話。

某夜，安莉跟流浪漢有一番意見極端相左的對話，她想不通滿腦子怪思想的流浪漢，竟會是傳統婚姻的捍衛者，當她在宣揚獨身貴族的理念時，他毫不留情地大加撻伐，批得她落荒而逃，暫時離線去洗個澡。她決定再也不去理流浪漢了，她穿著輕鬆的睡衣，再度上網，只想找人聊點輕鬆話題。突然，她在留言版上看到一則「徵求網路爸爸啟事」，內容是這樣的：

> 條件：
> 　品學兼優，有正當職業，有愛心，三十五歲到四十五歲
> 　之間。（最好有點帥）
> 　　　　　　　　　　　　　　　　　　署名是：小千。

　　剛開始安莉把這則啟事當笑話，哪有人公開徵求爸爸的，而且還用「品學兼優」這種小學成績單上的評語。她冷笑幾聲，關機，上床。奇怪，輾轉反側，睡不著，腦子裡迴蕩著流浪漢的犀利譏諷，什麼獨身貴族是一種幻象，那些人其實是身心殘障的一級貧戶，是社會的渣滓…。煩！俯著，把枕頭翻轉，蓋住後腦勺，告別流浪漢，告別那些無情的批判。想點別的吧！有趣的，哦，網路爸爸，改天，我也來發一則徵求網路老公的啟事。動機是一因為沒有老公。難道徵求網路爸爸的人沒有爸爸嗎？小千是個小孩吧，男的、女的？或許我該來徵求一個網路小孩，因為在心態上我並不缺老公啊！那，我缺孩子嗎？

　　安莉再把身體翻轉過來，枕頭順勢抱在懷裡。幾年單身生活下來，自在是很自在，但有時候心中不踏實，說不上來那種感覺。當時瘋在一塊的朋友，有男有女，都抱著獨身主義，曾幾何時，那些朋友有了變化。有些受不了家人的關懷或社會的傳統壓力，走入婚姻去了，有些在宗教上找到心靈的家，不再與大家瘋成一團。當然會有新朋友加入，只是安莉在群體中，年齡愈來愈顯得老大，有時和年輕的朋友鬧不起來。不知為什麼，眼光停留在小孩子身上的時間愈來愈多。安莉驚坐起來，「母性的本能」五個字出現在腦中。「不婚媽媽」的念頭向鋼印一樣，烙在她腦門上。於是，她決定化身網路爸爸的人選，回應那一則啟事。

　　安莉回想，她一路走來，在潛意識裡，母性的本能似乎不斷擴大，到結了婚的朋友家，她很自然地成為臨時保母，朋友們也藉機喘一口氣。她自覺很夠資格做一個好媽媽，她愛孩子，孩子也愛她。

　　安莉跳下床，打開電腦，進入網路世界，她寫著：

> 安柏生，四十二歲，品學兼優，有正當職業，很有愛心，願意當小千的網路爸爸。

　　於是安莉化身的安柏生，和小千連上線，經過兩個人多次的接觸，安柏生正式成為小千的網路爸爸。

　　她開始向那些已經當爸爸的男性朋友討教，如何與小孩子對談。小千說他今年十二歲，安莉朋友的小孩大多不滿五歲，她只好「自立救濟」，到圖書館借一大堆書回來進修。

　　自從小千走進安莉的網路世界，安莉的生活型態有了一百八十度的轉變。手上這本《如何進入青少年的心靈世界》，看得她心驚膽跳，現代的青少年，似乎處在價值觀紊亂的時代，內心世界撲朔迷離。看來安莉的生活型態要轉變得更徹底，她得由網路世界走出來，到實際的世界去體驗。還好曉芸的姊姊曉春有一雙兒子正在青少年時期，安莉以前曾隨曉芸去過曉春家，於是她央著曉芸，多帶她去曉春家觀察。

　　基本上曉春家的情況與小千家是不一樣的。曉春的家完整，小千卻透露他家是「不完整的家」，因為他還在媽媽肚子

裡的時候，他爸爸就因公務而死了。他的媽媽是個女強人，獨立撫養他，對他要求非常高。她老是拿小千的爸爸當模範，要小千跟爸爸一樣好。小時候，小千對媽媽口中的爸爸很崇拜，但當他愈來愈達不到媽媽的標準時，他對那個爸爸起了反感，他想要的是一個有血有肉，能陪他一起學習，一起玩樂的爸爸，而不是那個很完美卻摸不著的爸爸。他背著媽媽徵求網路爸爸，大概就是在尋找那種實實在在的感覺。

　　曉春的先生是個好好先生，也是個好好爸爸，他會陪小孩打電動，陪小孩吃曉春口中的「垃圾」食物，曉春常說：「我好累啊，我得管三個孩子。」安莉想，這個人應該就是小千想要的爸爸吧！於是安莉把他當成模仿的對象，跟小千談得挺好的。

　　安莉發現小千對她愈來愈信賴，把一個小男孩心裡想的秘密都跟她說。安莉不禁回想，她自己對父親的態度。在她心目中，爸爸似乎是個可有可無的角色，只有每次填家庭調查資料時，在「父」的那一欄填上他的名字。爸爸是一家工廠的小員工，下班後也常找理由出去，媽媽開個小雜貨店，有時忙不過來要他幫著看店，客人找他買什麼，他都不知道價錢，至於物品的尺寸、斤兩更是糊塗，愈幫愈忙。所以非不得已，媽媽不會找他幫忙。管教子女方面，他也都採取「放牛吃草」的態度，他總說小孩子是天養的，多操心沒有用。媽媽就不一樣了，她要孩子努力用功以便將來「出人頭地」，因此儘管她裡裡外外忙著，家長會卻從不缺席，平常也勤於和老師聯繫，三

不五時還要兒女提點醬油或米粉、麵粉去送老師。所有需要家長簽名的單子都由母親代簽，戶口名簿上戶長欄寫的是父親的名字，真正執行的卻都是母親。家中的經濟來源也大都由母親經營生意賺來，父親又菸又酒，還喜歡和朋友小賭，那區區小員工的薪水七扣八除，養幾隻小雞小豬都嫌不足，何況四個孩子的教育費！母親氣不過時喜歡說他幾句，父親不甘心也會反駁，但情上理上怎麼說都說不贏母親，幾句之後就噤聲，一個人悶悶地躲在樓上看電視、睡覺。

　　剛上中學時，又得填一大堆資料，安莉埋首在填表格時，坐隔壁的女同學咬著筆桿，遲遲不下筆，嘆一口氣把頭湊過來說：「真好，妳都可以填妳爸爸的名字。」安莉訝異地抬頭看看她，說：「誰都有爸爸啊！」只見那女同學低頭小聲說：「我沒有。」安莉一時愣住，不知怎麼接下去，過了幾分鐘，才指著父親欄問她：「那妳以前怎麼填這一格？」「我媽叫我填不祥，那時我以為我的爸爸叫不祥，心裡暗暗奇怪大家的姓都跟爸爸一樣，只有我的跟媽媽一樣。有一次，我自作聰明地把自己的姓寫成『不』，被老師叫去，老師才跟我解釋清楚，那時候我好難過。」

　　後來安莉才知道那位同學的媽媽是妓女，今天張三，明天李四，當然無法確定小孩的父親是誰。安莉想，如果她的父親欄也得填上「不祥」，父親在她心目中的地位是否會改變？當時年紀輕，沒想到這一層，只覺得那同學的難過是多餘的，很想告訴她，有沒有爸爸都是一樣的，但她始終沒說出口，因為

那女同學對「父親」的嚮往，她覺得她倆是「道不同」，也就熟絡不起來。

> 安爸爸，我的姑姑告訴我，我的媽媽要幫我找一個爸爸。她說我長大了，媽媽得要替自己打算了。我有點期待，可是我更害怕，不知道他是怎樣的人。如果像安爸爸就好了。

安莉在留言版上看到這一段話，心中百味雜陳。如果小千順利有個新爸爸，那麼他們網上的父子關係是不是就要斷了？對小千那位新爸爸人選，安莉也有著「期待又害怕」的心態。安莉在留言版寫下：

> 恭喜你，小千，希望他是你心目中的理想爸爸。

安莉覺得這話有點不痛不癢，但她實在不知道怎麼跟十二歲的孩子討論這種問題。「父親」這個角色的份量，成為她重新思考的問題。記得以前有位同事，和先生的感情不是很好，成天跟大家抱怨先生的不是。以她經濟及精神上的條件，帶兩個孩子過活是沒有問題的。有的同事問她：為什麼不離婚？她說：「我才不離婚，就把他當作招牌拱在那裡，孩子也有個爸爸好叫。」「招牌」這兩個字，一度還成為女同事之間的密碼語言，以前說「我家老公如何如何…」，被改為「我家那塊招牌如何如何…」。安莉恍然大悟，也許父親也是母親心中的招牌，方便別人叫她「阿發嫂」，也讓孩子有爸爸可叫。

　　安莉化身網路爸爸，原是想為自己將來「母兼父職」的角色預習，但小千這個案例，讓她對這個角色功能起了懷疑，因為小千的母親也是「母兼父職」，小千卻無法滿足。專家說，e世代的人自小與電腦為伍，導致人與人之間的感情淡漠。如果真是如此，那她生個小孩又有何意義？沒想到當個不婚媽媽所要顧及的問題還真不少，真是煩惱！

　　許久沒有小千的訊息，也許他已有了完整、和樂的家庭，她這個過渡時期的「網路爸爸」該功成身退了。小千連個「再見」都沒說，令她有點悵然。會不會小千也只是個虛擬的角色，只是想找人玩玩？如果是這樣，她真要生氣了。繼而一想，自己不知變換過多少角色，與人虛來虛去，有什麼好生氣！可是，一顆心就是平靜不下來，原來這次動了真感情，有被欺騙的感覺。虧她還認真讀了那麼多親子的書！

> 　　安爸爸，我好傷心啊！我媽跟那個男的吹了，她說他根本不愛我，其實我也不喜歡他。剛開始，為了讓我媽媽高興，我還裝著喜歡他，他也裝著喜歡我。不久後他就露出狐狸尾巴，被我媽看出來了。我媽和他大吵一架，他們就吹了。
> 　　安爸爸，我媽媽很漂亮，有時候也很溫柔，你想不想認識她？

　　這小子，看起來不像是虛擬的，而且還想當媒人。安莉只想裝傻，在網路上虛與委蛇，昧著良心和小千玩下去。小千卻愈來愈露骨，寫著：

安爸爸，別人又介紹男生給我媽媽，我把他們和你比，他們都比不上你。我已經把你介紹給我媽了，我媽也「粉」想認識你喔！

事情的演變有點出乎意料之外，當初他們約好只當網路的父子，沒想到小千會破壞這種默契。安莉只好把爸爸的「不重要性」告訴他，並舉出一些「不婚媽媽」的例子，讓他知道有那種小孩的存在，那些小孩好像生活都過得不錯。沒想到小千很激動地回應說：

安爸爸，你又不是那些小孩子，你怎麼知道他們過得不錯？你們大人都自己想自己的，也不管是對還是錯。

※　※　※

小千，你說的話也有道理，我們大人有時候只考慮到自己的想法。不過，像你的情況，在你出生前，你爸爸就去世了，那你跟不婚媽媽的孩子不是有點像嗎？

※　※　※

安爸爸，我快要不認識你了。雖然我沒有見過我爸爸，可是我有他的照片。媽媽會告訴我他們的戀愛故事，認識我爸爸的人都說我長得像他。我可以很驕傲地告訴別人，我爸爸是「因公殉職」的英雄，我可以玩我爸爸組合的玩具，穿他留下來的衣服…好多好多。那些不婚媽媽的孩子，不可能跟我一樣。安爸爸，不，安先生，我不想要你當我的網路爸爸了。我姑姑說你可能是一個「男同志」（就是同性戀啦，你自己應該知道），她叫我不要再跟你交往，她會努力幫我找到好爸爸。再見！

　　再見，安莉心好亂，一聲「再見」，結束了將近一年的網上親子情，也讓安莉的「不婚媽媽」夢擱淺。她不敢向小千澄清自己非「男同志」，更沒有勇氣向他招認自己是位阿姨。她暫時封起電腦，回到真實的世界，老老實實生活著、思考著，她不急於去規劃未來，她想先把握住當下。

吃到飽

亞明站在鏡子前面，尚杰幫他把領結扶正，說：「亞明，咱們哥兒們夠意思吧，把你打扮得這麼帥，今天的約會可得好好表現！」

亞明胸膛一挺，信心十足。說起這個約會，可是得來不易。曼倩是低兩班的學妹，秀秀氣氣的，聽說家世很好。甫近校門，就有許多學長盯著，可惜傳言很多，什麼有個T大的男友啦，還有一缸子虎視眈眈的追求者，最重要的是，想追她的人得掂掂「門當戶對」的斤兩。

亞明在學校的自助餐廳打工，自知斤兩很輕，從沒動過念頭。只是曼倩偶爾和同學過來吃飯，總是秀秀氣氣地喚他一聲學長。亞明也總是把她們那一桌清理得特別光亮，他還注意到，她叫的飯菜比別人少，他想，一定是這種大鍋菜不入她的貴氣腸子，再說她那麼苗條，食量一定不大。亞明覺得她像清芬的幽蘭，只敢遠遠地欣賞著。

好運偶爾也會光顧窮光蛋，亞明摸彩摸到兩張凱悅飯店的自助餐券。本想找室友尚杰去吃，尚杰說那裡情調高雅，該帶女孩子一起去。亞明想不起比較熟絡的女同學中，誰比較配得上這張餐券？尚杰說：「就邀請學妹曼倩去，你不是常誇她氣質優雅嗎？」

　　亞明從沒有把曼倩和自己聯想在一起，他很怕被拒絕，被嘲笑「癩蛤蟆想吃天鵝肉」，尚杰不斷鼓吹，還說：「人家不會傻到吃頓飯，就要委身給你。憑曼倩的家庭狀況，一定常去那種餐廳。」

　　尚杰還承諾，萬一曼倩真答應了，他要負責幫亞明張羅穿的，一定讓亞明體體面面走進凱悅。

　　亞明盼了幾天，才盼到曼倩到餐廳來，而且天賜良機，只有她一人。他把模擬了數天的台詞說出來，一副稀鬆平常狀，還好褲管寬大，看不出腳在抖。原想她若拒絕，也要保持風度地微笑。沒想到她一口就答應，於是他們約好考完試那個週末去吃。

　　尚杰果然幫著張羅行頭，亞明還真是現代社會少數的清貧人物，因父親生意失敗又早逝，母親體弱，無一技之長。父母的婚姻不被雙方家長看好，因此祖父和外公兩頭都得不到資助，偏偏下面還有一對弟妹，他只好靠自己。平常「一九九吃到飽」的餐廳，他都難得去光顧，何況是高級餐廳。尚杰趕緊幫他惡補，告訴他大略情況，讓他能表現從容的樣子。

　　亞明決定當天把褲帶勒緊一點，免得面對美食，猛吃猛喝一副饞相。此外，他還背了一兩首抒情詩，並苦練一首抒情老歌，準備飯畢兩人走在人行道上時，可以露一手。

　　盼來了珍貴的那一天，帶著纖細的女伴，步入高級餐廳，還真有「侯門深似海」的感覺。輕柔的音樂迴繞著，帶位的服務生水準也是非凡。

落座後，亞明不忘尚杰的交代，扶一扶領結，正想來一番優雅的開場白時，曼倩看看左右說：「可以用餐了，我們去拿菜吧！」

亞明有點錯愕，但想想邊吃邊談也不錯，就隨她去取食物。記得尚杰交代，先吃點沙拉、喝點湯，再吃主菜，會比較優雅。他直向沙拉吧走，曼倩卻走到另一方向去，他只好隨意弄一點，隨時提醒自己：別開懷大吃。

他在餐桌上等著，好一會兒，曼倩才來，手中一大盤蝦呀肉的，他好感動，曼倩竟為他取一大盤食物。才要開口道謝，曼倩已拿起刀叉吃了。到嘴邊的話硬吞進去，又起生菜吃。

吃了一會兒，曼倩抬起頭說：「這蝦子很新鮮，可惜不夠多，等一下應該會補上，學長，我們要眼明手快。學長，生菜太佔胃的空間，來這種地方吃，就要挑貴的吃。來，我搶到三粒生蠔，這一粒先給你，等一下補上來後，你再去搶幾粒。」

亞明以為自己在做夢，秀秀氣氣、家世良好的曼倩，怎麼像換個人似的。他滿肚子優雅的話，好像不搭軋。如果帶的是男人婆阿桑來，他就會陪著她口水與刀叉齊飛，可是，這是曼倩耶！

「學長，你發什麼楞，生蠔上來了，許多人已經離座了，快去！」

亞明無意識地站起來，看著不少衣履光鮮的饕客急湧向生蠔，他才覺得穿西裝實在無法活動自如。總算手長，也搶到兩粒，順便挖些別的菜，也是滿滿一盤。回座後，他回送那兩粒

給曼倩，那種黏黏其貌不揚的珍饈，實在引不起他的胃口。他向曼倩說，要先上一下洗手間。

　　一路上，他思考著，原來富人的胃比窮人的還能屈能伸，碰到「吃到飽」三個字，胃也知責任重大，一定要撐到值回票價。進了洗手間，亞明拿掉領結，鬆開襯衫第一顆鈕扣，褲帶放了兩格。曼倩都不顧形象了，自己還不放開肚皮大啖一餐。不小心摸到口袋裡的抒情詩，揉一揉丟進垃圾桶。

　　與饕女同行，打幾個飽嗝就好了。

孝子賢孫

　　婉如終於嘗到焦頭爛額的滋味了。新任一個部門的主管，還沒有掌握所有的人事狀況，媽媽卻在這個節骨眼病倒。哥哥因不滿原公司的升遷不公，三個月前自行創業，夫妻倆拚了老命，根基還不是很穩固；妹妹正在寫博士論文，也是水深火熱的。老爸身體不好，一向由媽媽照顧得無微不至，媽媽病倒，他像小孩一般無助，緊急把他送到哥哥家，至少有菲傭管三餐。媽媽多年來都扮演支柱的角色，如今她一倒，整個家似乎傾圮。兄妹三人加上嫂嫂，奔波於職場與醫院之間，臉上都有說不出的疲憊。

　　媽媽是中度中風，白天和晚上各請一位看護，嫂嫂和妹妹會輪流在白天來監督看護，哥哥和婉如輪晚上，週六下午固定由念國一的姪女來，真是能用上的兵卒都用上了。饒是如此，看護工作仍然不周，家人完全沒受過看護訓練，一切都得從頭學起，請來的看護雖受過訓練，卻有著嚴重的「職業冷漠症」，護理病人時不帶一絲愛心。在職場上作風很「鐵腕」的婉如，簡直看不慣她們做事的態度。在換過不少看護後，這一床病人的家屬已惡名昭彰，連醫院主管看護部門的人員，都暗示她們睜隻眼、閉隻眼，否則會請不到看護。形勢比人強，他們兄妹只好屈服。

　　不屈服又能怎樣，全家人的脾氣都顯然暴躁許多，不能言語的媽媽抗拒吃藥時，剛開始還能好言相勸，到後來簡直是用吼的。看著媽媽眼角滴下淚水，實在於心不忍。媽媽自己一定也很難過，由照顧人的角色轉換為被照顧的角色，身上插著管子，能二十四小時陪在身旁的，又都是陌生的看護；媽媽的苦說不出，只能以行動來抗拒。隔壁床的情況跟他們很類似，家屬們在一起互相吐吐苦水，還得小心別讓看護誤會，誤會他們又在挑剔了。隔壁床的阿伯情況更糟，已經病一年多了，比較不孝的兒子根本不來探望，連醫藥費也出得心不甘情不願。婉如不禁感慨：養兒育女有何用！

　　這一夜，婉如下班買個漢堡，直奔醫院，發現隔壁床換人了。據看護說那位阿伯情況惡化，家人決定帶回家。新病人是一位很老的阿婆，由養老院轉來的。由一位中年婦女照顧著，那女人口口聲聲喊媽，不知是女兒還是媳婦。那聲音很輕柔，婉如竟有點幸災樂禍，想像這溫柔的聲音，將會隨著時間而不耐煩……。哎呀！我真壞心，婉如覺察到自己的心態，懲罰性地捏一下自己的大腿，清了清喉嚨，和新來的家屬寒暄起來。

　　又過了一個多月，妹妹打電話給婉如，談著母親的狀況，突然，妹妹話鋒一轉：「姊姊，我覺得好奇怪，那個阿婆的兒子好孝順，很像是受過專業訓練一樣，餵藥、翻身、拍背都很純熟，最重要的是他很有耐心，不會像我們那樣大吼大叫的，有空的時候還會念報紙給阿婆聽。」

「阿婆不是神智不清了嗎？」婉如問。

「對啊！我就跟他說，你媽媽聽得到嗎？他說以前他媽媽最喜歡看報，他就念報紙，他說這樣對病人一定有益處，我覺得那個阿婆情緒比媽媽穩定多了。」

「那個兒子不用上班嗎？」婉如又問。

「對啊！我也覺得奇怪，有一次我忍不住問他，他說這就是我的工作啊！我們大哥要有他一半孝順就好了。對了，姊，你說晚上都是他媳婦在看，那個媳婦孝順嗎？」妹妹也提出問題。

婉如咬了一下筆桿，回答：「倒也奇怪，那個媳婦一直是很溫柔地看護阿婆，而且她護理工作也做得很好，不輸我們請的看護。她還常對阿婆講些家裡人的事，我也懷疑阿婆到底有沒有聽到。」

「這一對夫妻好奇怪，是現代孝子孝媳，該接受表揚。」

「他們好像不是夫妻，那男的可能是她先生的兄弟。」

「那她先生呢？還有白天那位先生的太太呢？」妹妹疑惑了。

「我也不清楚，老妹，我們怎麼搞的，自己的事都管不完了，還管到別人頭上。好了，不跟你囉唆，我要開始上下午的班了。」婉如打個哈欠，心想非要一杯咖啡提神不可。掛掉電話後，腦中一片渾沌，自從媽媽生病以來，她的心和腦好像沒有清明的一刻。

婉如決定放自己半天假，為了坐穩主管位子，耗了她不少心力，每天戴不同的面具周旋於人群中，乏了，倦了。她告

假出來，決定到醫院附近的咖啡屋坐坐，傍晚可以直接到醫院看顧媽媽。自從媽媽生病以後，家中變化不少，原本一直相處和睦的兄妹，為了看護時間長短，和醫療上一些問題，隱約有些衝突。待在醫院的時間多了，由看護及家屬口中，聽到不少家庭糾紛，親情有時薄弱得像張紙，禁不起考驗。以前，他們三兄妹各自馳騁於自己的領空，假日時交集，老老小小和樂融融。現在卻互有拉扯，人性中醜陋的一面隨時會流露出來，看護母親變成一種重擔。母親一輩子無怨無悔的付出，卻換不來等值的回饋。想到這，婉如有著深刻的罪惡感，再想到隔壁床阿婆的兒子、媳婦，罪惡感更深了。

　　啜著咖啡，婉如的心定下不少，看著窗外匆忙來往的人們，她搖頭苦笑。一對男女推門進來，那女的有點面熟，她看到婉如，彷彿也有點吃驚，眉毛一揚朝婉如笑笑，婉如原以為醫院進出多次，漸漸有些不相識的熟面孔，沒想到要打招呼的，那女人一朝她笑，倒覺得這面孔實在熟。他們落座後，拿出文件在討論，婉如聽聲音，恍然悟到，那不是阿婆的媳婦嗎？平常只在病房相見，換個地方，竟然不識了。

　　約莫一個鐘頭後，男的走了，女的向婉如走來，婉如拉個椅子請她坐下，說：「江太太，你也來喝咖啡呀？」

　　「小姐，其實我不姓江，我姓胡。」說完，她拿一張名片給婉如，名片上印著「胡順芬」三個字。再看到上面一排字，婉如不解地讀著「孝子賢孫工作室」。

「很疑惑是不是？婉如小姐，我不是江老太太的媳婦，我只是暫時扮演她的媳婦，照顧她，讓她安享餘年。」胡順芬慢慢說道，婉如以為自己在作夢，一時理不清頭緒，好半晌才問說「『孝子賢孫工作室』是一家公司嗎？」

胡順芬答：「是，是我朋友開的。幾年前，我朋友的父親生病住院，面臨跟你們一樣的問題，雖然請了看護，自己人還是得幫忙看著，結果搞得大家身心疲累。我的朋友不忍心看親人們辛苦，父親也得不到完善的照顧，就跟兄弟姊妹商量，由他辭去工作，專心做看護，其他人付他薪水。後來，他真的辭掉工作，還抽空去學些護理工作，白天就全由他看，晚上再找個人。這樣一來大家都輕鬆多了，只要放假或下班後來探望。而他父親也因為有親人關照，可以說是含笑走完人生的道路。之後，他竟然動腦筋想企業化經營，所以成立這家公司。妳看看名片的背面。」

婉如翻過面，上面寫著「本公司的特色」：

1.專業的護理人才。
2.親情化的看護理念。

胡接著說：「又老又病的人最需要親情的滋潤，可是現代社會中，年輕人就學、就業，都忙得團團轉，極少有能專心陪伴的人。一般看護妳也知道，只把它當職業，懶一點的偷空織毛衣，勤一點的餵食、餵藥大吼大叫、拍背、抽痰不知輕重，更不用說陪老人家聊天了。」

「要說句老實話，老人家長期臥病，連親人都失去耐心，也沒精力好好照顧。」婉如悠悠說道。

「所以，我們公司特別重視第二點，像江老太太的兩個兒子都在國外，很難兩頭顧及，我們公司就會深入了解他們家的情況，然後派出比較相似的人，來充當他們，替他們照顧江老太太。」

婉如問：「你們不覺得怪怪的嗎？因為你們跟病人根本沒有關係，再說病人也有可能知道你們不是他們真正的子孫。」

「婉如小姐，會進入我們公司的人，基本上都要有『視病如親』的精神，也就是要把病人當成自己的親人。至於病人大多是重病患，不太分辨出我們是不是真正子孫。即使他們知道，也不會在意，只要我們真心誠意，病人都會接納。我們的口碑很好，所以客戶接不完，我剛剛就是幫我們老闆接洽一位新客戶。」

「哇，我好佩服你們，看來，我們兄妹對我媽媽的照顧，要好好檢討一下。」

「其實你媽媽雖然不能講話，但意識還滿清楚的，你們家人可以多對她講些話，以我們的經驗看來，親情的滋潤勝過一切。」胡順芬建議。

婉如彷彿當頭棒喝，她決定要邀集兄妹開個家庭會議。

婉如把「孝子賢孫工作室」的精神，講給家裡的人聽，他們都不敢相信照顧阿婆的兒子、媳婦是冒牌假貨。當他們七嘴

八舌在談論的時候，爸爸說話了：「你們都不讓我去醫院，是怕我看到媽媽生病，怕我難過，其實我在家裡更難過。平常媽媽在家裡忙著做家務事，都是我在念新聞給她聽，你們應該讓我去念新聞給她聽，陪她講講話，讓她知道我很好，這樣她才會放心。」

大家想想也有道理，否則爸爸在家吃不下、睡不著，瘦了很多。最後的決議是婉如向公司申請留職停薪一年，專心當白天的看護；晚上由哥哥、嫂嫂、妹妹輪流；爸爸早上跟著婉如到醫院，中午回家休息；姪女、姪兒假日可以去醫院陪奶奶。

姪女說：「我們也像是一家孝子賢孫工作室呢！」

有了方法，有了目標，到醫院照顧媽媽不再是沉重的責任，相反的，婉如覺得每天都學到新東西。有了爸爸加入，媽媽的病情大有起色，奇妙的是爸爸精神越來越好，也學會照顧媽媽。媽媽情況好轉，晚上看護的工作簡單多了，輪班的人比較有充分的睡眠。

有一天下午，胡順芬比較早來，剛好婉如的爸爸也在，她就把婉如請到樓下喝咖啡，她說：「婉如，你們一家人很合作，伯母的情況好很多，不久後應該可以回家休養了。」

「順芬姊，這都要感謝你們給我們的啟示，我覺得我們一家人現在才在真正懂得『愛』這個字。」婉如笑盈盈地說。

「要是所有的兒女向你們一樣孝順，我們的工作室就要關門大吉了。」順芬也笑著說。

　　「放心啦，順芬姊，不是每個家庭都有這樣條件。以前我把事業擺第一，以為自己沒有工作就活不下去。結果，一個月沒有去上班以後，日子一樣過，而且更充實。」

　　「婉如，你現在也有看護專長了，要不要加入我們的行列啊？」

　　「這，也許可以考慮喔！」婉如心裡很踏實，笑著回答。她對母親的康復充滿希望。

愛犬

「筱玲，生日快樂，猜猜看，箱子裡是什麼？」建生一把摟住筱玲，熱切說著。

「哦！」筱玲有些驚詫，她以為建生會從西裝口袋摸出一個精巧的珠寶盒。他裝傻嗎？兩個禮拜前特別帶他去珠寶店看過，還把那隻鑽戒戴在手上左顧右盼，這種暗示不夠嗎？

一個醜巴巴的紙箱，能裝什麼好東西？她沒心沒緒地蹲下，打開箱子。「汪汪！」一隻白色小狗猛地跳到她身上，舌頭狂舔她的臉。

「這什麼嘛！」筱玲把小狗丟到建生身上，尖聲說著。

「這是貴賓狗耶，妳不喜歡嗎？」筱玲的暗示建生不是不懂，但經濟不景氣，他已經不能像以前那般闊綽了。左思右想，才想出這個禮。因為筱玲老抱怨自己孤孤單單，有狗陪著不是很好？

「筱玲，我不能常來陪你，所以特別買這隻小狗來陪你，你看，美容師幫牠綁兩根小辮子，多可愛！我還買了狗食、狗碗、洗毛精，改天再去買籠子。」建生討好地說。

筱玲嬌嗔：「人家連自己都照顧不好，怎麼照顧狗？」

糟糕，這件生日禮物可不能退貨或暫時擱著不管，建生好說歹說，還答應常來陪她遛狗，她才勉強答應。

在建生的腦中，情婦配一隻漂亮的小狗，是再理想不過了。他為自己的聰明沾沾自喜，買狗的錢不及那只鑽戒的零頭。

筱玲斜看他一眼，說：「也許我該換個肯為我買鑽戒的男人。」

「鑽戒算什麼，去年幫妳買過啦，我嫌它們死板板沒有生命力，找隻活蹦亂跳的狗，絕對會讓妳愈來愈年輕。來，幫牠取個名字吧！」建生說得義正辭嚴，讓人一時無法反駁，他年紀大了，別的沒有，圓滑可有餘。

「你這麼喜歡牠，就叫牠愛犬吧！」筱玲一眼瞥見狗食上的廣告詞，愛犬什麼的，隨口說出，不想為取名字花腦筋。

「好吧，愛犬，這是ㄅㄚˇ ㄅㄚˊ，這是ㄇㄚˇ ㄇㄚˊ，你要聽ㄇㄚˇ ㄇㄚˊ的話哦！」筱玲聽了真愛笑，都快當阿公了，還用這種口氣說話，不知道他以前是不是這樣對孩子說話……。

　　　　※　　※　　※

說要常陪筱玲遛狗，卻一直忙著，而且遛狗太公開，萬一被什麼人撞見可不好。十天過去了，建生才得空來。沒想到筱玲一開門，連珠砲般向他抱怨一大堆，什麼狗有口臭，又愛亂親人，大小便不聽教，棉被床單老要送洗，還得每天出去遛……。

結論是：「你把狗給我弄走，我寧可孤單，也不要惹麻煩！」

　　糟糕，平白無故，送誰？

　　筱玲嘟著嘴，愛犬縮在一邊，蓬頭垢面，跟十天前判若兩狗。看來他們人犬已勢不兩立，怎麼辦？

　　靈光一閃，女兒昨天提醒他，媽媽的六十大壽快到了，他們當兒女的，想要慶祝一番。他算盤一撥，想說如果把愛犬轉送給老婆，她會喜歡嗎？

　　建生實在想不起老婆有什麼特殊喜好？以前孩子小，家裡好像養過貓呀狗的，那都是應孩子要求，也看不出老婆愛不愛，反正她總是把貓狗照顧得好好的。孩子大了，家裡的貓狗死了就沒再養，送這個禮，老婆應該不會嫌棄吧！

　　建生再度把愛犬帶到美容院，重新修整門面，重新買一套狗食、狗碗、洗毛精，連狗籠也一併買了，還買朵緞帶花別在籠子上，再用個大紙箱裝起來。老婆的生日禮物有著落，至於筱玲這邊，就另買條金項鍊吧，呵，人算不如天算！

　　　※　　※　　※

　　「媽，爸送的禮物很大呦，一大箱哩！」女兒說。

　　「六十是大壽嘛，禮物不大怎麼行！」兒子附和。

　　兒女催著媽媽打開，月娥也很好奇，建生往年都只包個紅包了事，今年怎麼買起禮物，她的手高興得有點顫抖。

　　「哇，狗狗！」女兒叫了起來，兒子也靠過來。

　　「好可愛，好乖的狗。」月娥捧起小狗端詳，小狗這會兒才伸出舌頭舔她的臉，逗得她樂呵呵。

　　兒子女兒也爭相來抱，建生心上的石頭才放下，月娥沒問他為什麼送這禮，他編的理由也不必說了。他刻意擺出一副老天真的樣子，陪一家老小逗著狗玩，許久，沒有和老婆孩子這麼熱絡了。

　　月娥把取名字的權利交給他，他假裝搔首弄姿一番，才看著狗食袋說：「就叫牠愛犬好了，你們都這麼愛牠，牠一定也喜歡這個名字。」

　　兒子和女兒勉強接受這不太像狗名的名字，難得爸爸這麼和藹可親。

　　　※　　※　　※

　　愛犬很有生命力，也讓這個家有了生命力，兒子女兒有時會把約會的地點放在家裡。月娥早上去公園運動也帶著愛犬，那些運動伴兒有事沒事也來串門子，不乏帶貓帶狗來。家裡熱鬧多了，話題繞著愛犬，好像說不膩。

　　大家的注意力都在愛犬身上，更沒人注意到建生在外面搞什麼鬼，他去找筱玲的時間更自由些。只是有時也眷戀這個家的味道，奮鬥大半生，搞不懂自己要啥？

　　月娥偶爾也叨絮些姊妹淘的事，她說有些老朋友把老公休了，一個人過得自由自在。還說那些長大了的子女，大多心向母親。看著月娥那張「明日黃花」的臉，建生猜不透她是發現什麼了嗎？也猜不透活了這大半輩子後，她現在最在乎的是什麼？

※　※　※

月娥某個朋友的女兒，開了一家髮廊，要幫這些阿姨們免費做一個頭。路途有些遠，但大夥湊合著搭了兩部計程車，愛犬也跟著去，牠可是大家的開心果。

師父有三、四個，但人多得輪著做。月娥率先被弄出一個年輕好幾歲的髮型，有個小妹還幫她上了妝，大家都說她改頭換面了。另有兩個先做好的姊妹淘，慫恿她一起去附近逛街，買一兩套配這副新模樣的衣服。

三個姊妹淘神采奕奕，抱著愛犬準備去血拼。走著走著，愛犬不太安分地扭動身體，以為牠要尿尿，放牠下地，沒想到牠一溜煙跑了。

還好平常有運動，三個歐巴桑也開跑去追。

看到愛犬進入一幢公寓，有一個說：「你們家愛犬裝紳士，尿尿還要找廁所。」

「一樓的牠還不要哩！」另一個說。

跑著跑著有點喘了，愛犬停在二樓一戶人家，爪子去叩門，汪汪叫著，月娥還來不及制止，門開了，一對男女出來，蹲下，同時叫著：「愛犬！」

好熟悉的聲音，月娥想，為表示負責，她也趕緊叫一聲「愛犬！」那男的猛一抬頭，四目相對。空氣凝住了，月娥看建生不太像建生，建生看月娥不太像月娥。兩個姊妹淘想說點什麼說不出口，筱玲察言觀色後，面色轉灰，下意識把低胸的睡衣拉緊。

明明是隆冬，建生卻在冒汗，靜謐中只聽到愛犬的汪汪！

那一個人

　　亞雯正要出門，瞥見玄關的桌上有一個包裹，包裝得非常端雅，一看住址是要寄回台灣的，再看一下是寄給誰？「詹德林」三個字映入眼簾，幾乎感受到一陣「shock」，心裡嘀咕：「怎麼這麼巧，虹穎她爸爸的名字竟然跟那個爛人一樣！」

　　說起這個既陌生又熟悉的名字，亞雯心中仍是一股刺痛感，好久好久她都沒想起這個名字了。這個名字曾經跟她血肉相連，卻因為另一個女人，還有那個女人肚子裡的孩子，硬生生讓她與他如同血肉剝離，生命中再也沒有交集。

　　那年她十歲吧，父母的感情降到冰點，存在於他們之間的，只有冷戰與熱戰交替，冷時家裡像死城，聞不到一絲生氣；熱時像戰場，杯盤齊飛。原因可能是父親事業失敗，兩個人都承受很大的壓力，之前不被雙方家長祝福，卻堅持要在一起的婚姻，竟然這麼不堪一擊，最後很難堪地以離婚收場。

　　由於不是雙方家長認同的結合，離婚後，母親帶著亞雯搬到另一個城市，像斷了線的風箏，再也沒有跟爺爺或外公家聯絡。同時，「詹德林」三個字也沒有被提起過。

　　亞雯的母親含辛茹苦，盡力栽培她。好容易等她大學畢業，母親的身體卻變差了，本想要出國留學的亞雯，只好找份工作，擔負家中生計。日子倒也過得平順，家境小康，找個好

老公，生一對好兒女。母親為了幫她照顧小孩，搬來和他們住，一日一日，身體反而好轉，等孩子大一些，不需要全天陪著，她就去加入公園一些婆婆媽媽的社團，過得充實又愉快。

不過，母親老覺得沒讓亞雯出國留學是一生的大遺憾，常掛在嘴邊。有一天，公司下來一個消息，說要提供一個在職進修的機會，讓員工到國外進修。有家又有點年紀的亞雯不敢想，沒想到公司那些年輕人大多是喝過洋墨水的，機會落在中年職員身上。亞雯的工作態度和績效一向不錯，主管特別找她談談。她回去跟家人提，母親的眼睛閃著光芒，讀中學的兒女說可以照顧自己了，也舉雙手贊成；老公有點猶豫，但認識之初，他就知道她原本的野心，這些年她對家庭奉獻也很多，是該讓她展翅飛翔了，何況才一年半，一眨眼就過了。就這樣，亞雯帶著家人滿滿的祝福，踏上圓夢之路。

和虹穎成為室友也是特殊的機緣，因為早來的人，都找好室友，虹穎的父親一直不放心她出國，所以一拖再拖才成行，剛好亞雯來得比較晚，兩人就湊合起來。還好虹穎不嫌她老，兩人培養出姊妹般的情感。由於默契夠，不少人還誤以為她們是姊妹呢！

虹穎很得父母疼愛，尤其她的父親，更是愛她如「掌上明珠」，令亞雯非常羨慕。在她的成長過程，父親這個角色不但缺席，而且是個禁忌的話題，偶爾想起，她也以「那個爛人」把他一股腦甩出思緒。很難想像有這麼呵護女兒的爸爸，虹穎常常和她分享父女情深的點滴。

　　有一次，虹穎突然說：「亞雯姊，妳怎麼從來不提妳爸爸？」

　　「我爸爸，他很早就死了！」剛開始別人問她爸爸的事，亞雯回答得有點心虛，但是想想那個爛人，覺得他跟死了沒有兩樣，久而久之就回答得很順。

　　虹穎常和父母在網路上通視訊，她也把亞雯介紹給她父母，亞雯有時候會上前跟他們打個招呼，她禮貌地稱他們為「詹伯伯」、「詹媽媽」。她父親年紀看起來不小，但非常慈祥。還好亞雯有個疼愛她的老公，不然看人家父女這樣親親密密，一定會觸景傷情。母親、老公和兒女也常利用視訊和她聊天，所以日子充實而快樂。

　　今天這個包裹上的名字，勾起亞雯許多塵封的往事。前不久虹穎提到她父親生日到了，要寄一個神秘的禮物讓他高興。咦，還真巧，她父親的生日也好像快到了，因為在她小時候，他們每年都有買蛋糕來吃，直到父母感情生變。

　　「亞雯姊，你看我多糊塗，禮物都已經拿到玄關了，還是忘了帶出去寄，再不寄就趕不上我爸的生日了。」虹穎像一陣旋風進來，急忙拿著包裹就要出門，亞雯順口問她哪一天，好建議她怎麼寄才不會遲到。

　　「十二月二十三號，差兩天就是耶誕節。」亞雯一聽愣住了，虹穎等不及她回應，一溜煙跑出去了。

　　「真巧，同月同日呢，那時候父親老是說，晚兩天生，我就是耶穌了！」亞雯暗想。

　　虹穎出去後，亞雯的心再也平靜不下來，結疤的傷口似乎又被拉扯開來。她忍不住跑去打開虹穎的抽屜，看到虹穎的護照，她生於一九八〇年，算算，父母親離婚剛好就在那一年。不會吧！不可能，虹穎那個慈愛的父親，不可能跟拋妻棄女的爛人同一個！

　　那一晚，亞雯忍不住問起詹伯伯的職業。虹穎說他以前自己開公司，是一家規模還不小的公司，現在他把公司交給屬下，退居幕後當顧問。

　　「那妳爸媽是怎麼認識的？」亞雯試探地問。

　　「我媽以前是公司的會計，有一陣子我爸的公司快要倒閉了，身旁的人都不幫他，只有我媽跟定他，幫他繼續打拚，後來我爸事業做起來，就娶了我媽媽，生下我和我弟弟，我弟後年大學畢業。」

　　「你們真是標準家庭。」

　　「亞雯姊，你怎麼突然對我們家的事這麼有興趣？」虹穎一臉疑惑。

　　「因為我看到你寄那麼精美的禮物給妳爸爸，我想你們家一定很幸福，我『粉』羨慕加忌妒啊。」亞雯趕緊回答，還套用一點年輕人喜歡的用詞，遮掩試探秘密的不安。

　　虹穎接著說：「其實我記得小時候，我外公外婆好像不太喜歡我爸爸，每次都是我媽帶我和我弟回外婆家。後來我爸賺粉多粉多錢，幫我媽買粉多粉多漂亮的衣服，也買粉多粉多的

禮物送給我外公外婆，他們才開始喜歡我爸爸。」虹穎俏皮地用一連串怪詞回應亞雯。

「唉，當人家爸爸媽媽的，好像都很喜歡干涉孩子的婚姻。」亞雯想到父母不被祝福的婚姻，有感而發。

「可是亞雯姊，你粉幸福啊，妳媽媽喜歡妳先生，妳先生又對你粉好，以後我要找的對象要跟我爸爸或是妳先生一樣好。對了，我出國前有把我爸媽年輕時的照片翻拍，放進我的隨身碟裡，到這裡常常可以在網路上跟他們談天，看看他們，我都忘了去看我精心製作的電腦相簿，來，我來找出隨身碟，放給妳看看。」虹穎興沖沖跑去找隨身碟。

這一廂亞雯倒有點緊張，既害怕自己的懷疑是真的，又想知道真相。她告訴自己，人海茫茫，不會這麼巧。

「來，亞雯姊，妳來看，從我小時候到現在的照片都有。」

亞雯硬著頭皮湊過來，「看，我出生時像個小沙彌，頭上沒幾根毛，我弟弟的頭髮卻很多。哦，這一張最經典，人家都說郎才女貌，是我爸媽度蜜月的時候照的。」虹穎指著螢幕上一張照片，亞雯一陣暈眩，不管她願不願意，那張臉一直烙印在她內心最深沉處。

二十多年過去了，歲月畢竟不饒人，透過先進視訊設備，亞雯沒看出那個慈愛的詹伯伯竟然是她心目中的「那個爛人」；而他也沒看出當年那個小女孩已是個職場衝闖的婦女了。如果說人生如戲，這真真是一場戲，只是她不喜歡自己的

角色，而這個像妹妹般的室友（就血緣論，也算是真妹妹），出現的不是時候。

「亞雯姊，你覺得他們登對嗎？」虹穎滿臉期待地問。

回過神，亞雯虛虛地回答：「嗯，很登對！」她隱約看出那女人微隆的腹部。

那時候，她知道爸媽吵架的原因，一個是事業的失敗，一個是公司的會計小姐，她沒見過那個會計小姐，但她認定她是壞女人。

也合該「那個爛人」沒想到愛女口中的亞雯姊也是他的骨肉，因為母親傷心地搬離原來的城市，絕決地想和過去一刀兩斷，把她的姓名都改了，母親讓她從母姓，原本有點陽剛氣的名字（據說是他取的），改成亞雯。

「亞雯姊，妳身體不舒服嗎？」虹穎發現亞雯有點心不在焉。

亞雯連忙說：「今天早上做了口頭報告，的確有點累，妳這些精采的照片，我改天再慢慢來欣賞，好嗎？」

「Sure，留學沒有我想像中輕鬆，我後天也要提一份報告，明天除了上課外，大概都要待在圖書館找資料。亞雯姊，妳就早點休息好了。」

躺在床上的亞雯，怎麼也無法入眠，往事像錄影帶一樣，不斷播放。印象中那個人（她無法在心中認定他是父親，但也不想再用「那個爛人」這個詞）一向滿嚴肅的，為了向外公外婆證明他的能力，他總是在工作，回到家來也不放鬆，亞雯才

四歲，就像栽培天才兒童一樣，要她學東學西，當然昂貴的學費不能白繳，亞雯得拿出好成績，小小年紀背負很大的壓力。媽媽的教育觀念寬鬆多了，所以亞雯很不期待那個人回家。父母離婚時她並沒有特別難過，但是看著母親痛苦，她不能原諒他。漸漸長大後，看著同學有爸爸呵護，她才感到父親缺席的遺憾。

　　母親堅強地扛起教養她的責任，為了她拒絕許多男人的追求。母親對她要求並不嚴格，可是她反而有了強烈的榮譽心，潛意識裡有不想讓那個人瞧不起的念頭，雖然她知道那個人對她們母女已經恩斷義絕，此生不會再有交集。

　　命運啊，怎會如此安排？從今而後，如何和虹穎相處？該不該告訴虹穎真相？暑假那個人來看虹穎的時候，怎麼面對他？還有那個被她認定是壞女人的女人？還有，該不該跟媽媽提這件事？一大堆的問號在腦中一字排開，思緒從未如此亂紛紛！

　　虹穎又在電腦前和那個人通視訊，怕吵醒她還刻意壓低聲調，是一個幸運而善良的女孩。亞雯是獨生女，一直希望有個妹妹來作伴，和虹穎異鄉結緣，年齡差了十歲，卻很談得來。真難想像她心目中的爛父親，與虹穎心目中的好爸爸是同一個人！

　　虹穎享受的呵護原該是她享受的嗎？如果是，她是不是該恨虹穎？她應該說出真相，讓虹穎認識那個人醜惡的一面嗎？哦，也許是不同時空、不同情勢造就出同一個人不同的表現。

如果當時爺爺奶奶和外公外婆贊成他們的婚姻，如果在他事業失敗時拉他一把，情勢是不是會改觀？

許多思緒要慢慢釐清，夜，很深很深了。時光不能倒流，歷史也不能重演，是應該放下，但一時哪放得下！夜，很深很深了，只聽到虹穎的夢話，甜蜜蜜一串。算了，一切等明天再說吧！

破解

　　今夜，長堤的風真是尖厲，颳在信仁和小玫這一對父女身上，如仇人般毫不留情。把八歲的小玫抱在手上疾走，信仁的手痠了，但痠不過心中的感受。結婚近十年，剛剛那一幕已不知上演多少次了，總是信仁在家門外就聽到小玫的哭聲，急急開了門進去，妻子金秀的手正揚鞭猛打小玫。

　　剛開始信仁還忙著奪鞭勸導，但鞭子一到信仁手上，金秀隨即以拳掌繼續，並發出歇斯底里的叱喝。信仁以身去擋，也被拳掌掃到。有一次，信仁實在氣不過，奪下鞭子在金秀身上一揮，這一來可不得了，金秀打開大門哭叫，惹得鄰居來勸架，她惡人先告狀，鄰居把這件事當成是「公打婆」看待，有個婦人還對他說「時代不同了，別耍大男人脾氣！」人群散了，金秀用勝利的眼神睨著他，他回瞪一眼，抱著仍在抽搐的小玫到書房裡坐著。

　　之後，信仁一看到金秀抽打小玫，二話不說，抱著小玫反身就走。離家不遠的長堤，變成他們止痛療傷的地方。小玫在他懷中慢慢止住哭，接著他們就一同欣賞堤岸外的風景。一望無際的海，海上星點的船，船下洶湧的波濤，似乎涵容許多故事，透過他的嘴巴，講給小玫聽。他不知道那些故事是否能抹去小玫心中的傷痕，因為小玫從來不提被打的事，只一逕陶醉在故事中。

　　等他們心情平靜地回到家，往往是華燈初上，金秀癱在沙發椅上看電視，一副「水過無痕」的樣子，小玟乖乖在房裡玩洋娃娃，他打開冰箱，開始張羅晚餐。

　　小玟第一次向信仁提出被打的事，是在弟弟小柏出生後一年，那時小玟六歲。他抱著剛被打的小玟走在長堤上，小玟用咽啞的聲音問：「爸爸，是小柏打翻果汁，媽媽為什麼要打我？小柏每次做錯事，媽媽就打我，爸爸，媽媽不喜歡我對不對？」

　　信仁停下腳步，不知該怎麼回答，只能說：「以後妳小心一點，爸爸會跟媽媽說。」

　　「媽媽才不聽爸爸的話，媽媽比爸爸還兇！」

　　原來小玟並不是什麼事都不知道，她只是放在心裡不說。信仁眼眶一熱，淚默默流下來。如果不是抱著小玟，他真願意對著茫茫大海痛哭一頓，為他這一場經常有著狂風暴雨的婚姻。

　　只是又兩年過去了，狂風暴雨依舊，信仁卻一點辦法也沒有。曾經他脫口而出一句「離婚算了」，金秀馬上演出一哭二鬧三上吊的戲碼，還硬栽他外頭一定有女人，一通電話打去向公公告狀。父親其實知道金秀無理取鬧，但父親觀念保守，認為兒子離婚有辱家風，總是勸他忍。忍，忍，忍，要忍到什麼時候？

　　「小玟，爸爸手痠了，妳下來自己走好不好？」

　　「好，爸爸，我希望自己趕快長大，長大後嫁人，這樣媽媽就打不到我，爸爸就不用抱我了。」

才八歲的小孩就想到要以結婚來逃避挨打，這種情況不能再繼續下去了，他決定要跟金秀好好談。

「小玫，海邊太冷了，爸爸背妳回去。」

「嗯，爸爸當馬，我當公主。」

回到家，意外的，金秀沒有在看電視，家中氣氛死寂。父女倆穿遍家中各角落，發現金秀、小柏都不在，衣櫃是打開的，有個中型行李箱不見了。難道她會離家出走？這是破天荒的事，她和娘家的關係不好，也沒有比較知心的朋友，帶個兒子會往哪裡去？最重要的是，她怎麼能放他片刻自由？

有一次，金秀抽中一張到東南亞的來回機票，信仁鼓勵她去玩，他在家帶兩個孩子。她說：「我知道你恨不得把我弄走，你把孩子往朋友家一丟，就可以去花天酒地了是不是？」這是她慣有的沙盤推演，他一介公務員，花什麼天酒什麼地！他提議不如全家出遊，心想讓她出去見識外面的世界，或許可以改變家庭的氣氛。她一口否決，理由是：太貴了，而且一定會吵架，不好玩！那張票硬是賣給別人，錢進了她的私房戶頭。平常如果他帶女兒去朋友家，回來後她一定要女兒把過程交代得清清楚楚。上班時間隔三岔五就會來一通電話，可以說他隨時像生活在秘密警察的偵查網中。只有女兒挨打時，他抱女兒出去那段時間，她不會加以盤查，她知道，抱一個抽抽搐搐的女兒，他玩不出花樣。

今晚的事件發生在吃晚飯時，他去接個電話，不久就聽到巴掌聲，及女兒的嚎哭。他急忙掛掉電話，抱著女兒奪門而

出。臨走前，他撂下：「妳的心比巫婆還狠！」這句話。一路上，女兒哭訴著，小柏非要把可樂倒進她碗中，她才伸手去擋，媽媽的巴掌就來了。小柏在金秀的寵溺下，以對姊姊惡作劇為樂事，三歲的孩子，他懂是非黑白嗎？問題當然出在金秀的極端重男輕女。每當信仁在教導兒子時，金秀都在一旁唱反調，她甚至把小柏當自己的資產般，不容別人侵犯她的「所有權」，她常掛在口中的劃分法是「你女兒」、「我兒子」。有一次他氣起來，說：「既然小玟是我女兒，妳以後就別打她。」她一聽撒潑起來，說女兒有他當靠山，才會不聽媽媽的話，將來要變小太妹……。簡直是秀才遇到兵，有理說不清。

飯桌上杯盤狼藉，信仁把湯、菜熱一熱，父女倆難得輕輕鬆鬆吃頓飯。飯後，女兒主動說要幫忙洗碗，女兒邊洗邊說：「我的同學家裡，有的是媽媽煮飯、小孩洗碗，有的是媽媽煮飯、爸爸洗碗，有的都是媽媽一個人做，沒有人家裡是爸爸煮飯、爸爸洗碗。他們聽我說在我們家，是爸爸煮飯、洗碗，還有抹地、洗衣服，他們就問我：『妳爸爸是不是菲傭啊？』」

唉，菲傭還有薪水領，他卻常常領罵，什麼飯菜不好吃，地沒抹乾淨之類的。要她做，她又哭著說婚前那麼體貼，婚後就要變個樣，一定是外面有別個女人了。算了，算了，從小媽媽忙，信仁跟著姊姊們一起做家事，已經很習慣了。大學時，每當在同學家聚餐，吃完飯他一定把大家趕去客廳，由他一手包辦善後工作。女同學都說：「你未來的太太一定很好命！」這話不幸而言中，問題是金秀把這視為當然，不視為好命。

　　把小玟安頓上床後，信仁坐在書房裡，他沒有捻亮燈，就這麼坐在無邊的黑暗中。往事排山倒海般向他襲來，他，怎麼走進這個婚姻的？

　　大學時，信仁跟幾個女同學關係還不錯，但不知是「兔子不吃窩邊草」的觀念作祟，還是太年輕不想定下來，所以沒有把友情轉變為愛情的動機。剛巧那幾個女同學都有男朋友，那時流行一句話，說是「一年嬌，二年俏，三年拉警報，四年沒人要」，這是針對女生說的，難怪女同學都有男朋友。男生畢業後還要當兩年兵，怕「兵變」，所以定下來的人較少。有陣子某個女同學為失戀而沮喪，他常陪著她，有點心動要跨入愛情門檻，繼而一想，「奪人所愛」一向是他所不取，「趁虛而入」也列為他的愛情禁忌之一。他想陪她走出失戀陰影後，再順其自然發展不遲。沒想到不久後，那位女同學竟與一個不稱頭的學弟「儷影雙雙」了。感情的事沒得說，只能看投不投緣。

　　當完兵，信仁順利找到一份工作，開始有成家的念頭，他是家中唯一的男孩，父親早就要他成家，好讓香火有傳。母親走了以後，多虧姊姊們常帶兒女回去陪父親，使他老人家的日子不寂寞。只是傳宗接代的大任，他們父子都牽掛著。

　　公司裡歐巴桑居多，年輕的又多毛毛躁躁，每天只想著享受生活，只有蘭心沉穩、樸實，和信仁很談得來。可惜名花有主，男朋友正在美國讀書，蘭心想存點錢，去美國與男朋友組織家庭。有的同事看他們挺「速配」，拿「近水樓臺先得月」來激勵他，他都婉拒。

　　有一天，近中午時，蘭心帶個女孩子出現在他的辦公室，說：「信仁，這位是我們部門的新同事，叫金秀，我想帶她去附近認識環境，你要不要一起去吃個午飯，吃完後我們陪她逛逛？金秀，這是信仁，我們公司裡最老實的單身漢。」

　　金秀小聲問候一句：你好！就不再作聲。看她穿著倒也樸實，五官算是端正，就是眉頭較不開朗，身子也顯得單薄。

　　「信仁，你到底去不去，怎麼這樣看人？」

　　經蘭心催促，他才驚覺失態，忙說：「去，去！」

　　看得出來蘭心有意撮合信仁和金秀，信仁誠心想試試，金秀似乎也不反對，公司附近常出現他們三人行。不久後，蘭心看他們有點苗頭了，就避免去當電燈泡，於是他們自然發展成兩人世界。

　　金秀的身體很不好，有一次還昏厥，信仁緊急送她到醫院。通知她家人，許久，才見她媽媽過來，母女倆似乎很不親，做母親的還說她不愛惜自己身體，不正常吃、睡，身體才會這麼虛。說完把她交代給信仁就匆匆走人。信仁送走金秀她母親回來，發現金秀臉上兩行淚。經過信仁追問，她才說出與母親有心結。金秀有一個哥哥，兩個弟弟，她是家中唯一的女孩，卻得不到父母的愛，尤其她母親，對她只有要求、責罵。信仁聽著聽著，看她一副「我見猶憐」的樣子，忍不住把她摟進懷中，讓她哭個夠。信仁的父母沒有重男輕女的觀念，信仁自小和姊姊分擔家事，一家人和樂融融，對金秀的遭遇非常同情。

　　在愛情的滋潤下，金秀身體好些，心情也比較快樂，只是她對信仁的一舉一動都非常在意。公司裡年輕、活潑的女孩，跟信仁沒有深交，但偶爾聊聊天、談談笑，一向也沒問題。信仁為人熱心，講話也幽默，有事人家會主動找他幫忙。這可讓金秀受不了，她總懷疑他用情不專，儘管他說：「她們都比妳早進公司，要追我早就追了。」她還是不信。

　　有一天，一位女同事的車在半路拋錨，打電話來公司求救，剛好信仁來得早，馬上趕去幫忙，兩人忙到十點多才進公司。向主管報告，主管沒說什麼，倒是金秀興師問罪，弄得他啼笑皆非。當晚，信仁打電話跟蘭心說這件事，蘭心說這可能是金秀沒安全感，又太在乎他的關係，時間久了，她會了解的。蘭心還俏皮地說：「女孩子談戀愛，難免會有點『狹心症』，這表示她非你莫屬了，哈哈！」

　　信仁想蘭心是談過戀愛的，這該是經驗之談，等金秀了解信仁的感情是真誠的、專一的，「狹心症」該可不藥而癒。

　　但情況似乎越來越糟，有一天要去吃晚飯時，金秀寒著一張臉問他：「聽說你以前常和蘭心一起吃飯、看電影？」

　　信仁一愣，隨即坦蕩地說：「我們如果有共同喜歡的電影，就會一起去看，這沒有什麼啊！」

　　「還說沒有什麼，電影院裡陰陰暗暗的，天曉得你們在裡面做什麼！」

　　「金秀，妳別汙辱我們！」

　　「哼，要不是她有個留學的男朋友，你早就追她了。」

「金秀，蘭心跟我們都是好朋友，我們兩個會有今天，也是她撮合的，請妳理智一點。」

「我看你們兩個一定背著我做些什麼壞事，我不過是你們兩個的擋箭牌。」

「金秀，妳再這麼說，我們之間就算了。」

「被我揭穿了，我就沒有利用價值了，董信仁，你可以把我甩了是不是？」金秀當街大叫。信仁尷尬地叫輛車把她送回去。

信仁去找蘭心談，蘭心恍然大悟說：「難怪她最近對我冷嘲熱諷。」

「蘭心，這段感情我想了斷，免得以後枝枝節節。」

「信仁，感情的事我不能替你出主意，一切尊重你自己的決定。唉，也怪我雞婆，看她文文靜靜，好心幫你，對不起。」

「蘭心，我自己也有責任，我也不知道她會變這樣。沒關係，我自己會處理。對了，妳男朋友不是說可以提前畢業嗎？有沒有消息來？」

「有，今天他打電話來，說不但可以提早畢業，還順利找到一份工作，他叫我打包行李，準備去找他！」

「恭喜，恭喜，喜酒我肯定跑不了那麼遠去喝，但一個大禮是不會少的。其他有什麼需要幫忙的，儘管告訴我。」

「我的事情很簡單，倒是你，要好好處理這段感情，這可是關係將來的幸福喔！」

　　經過大吵，信仁對金秀的感情冷卻不少，沒想到金秀卻是一頭熱。當她知道蘭心要走，更是「前嫌盡釋」，還拉著信仁一起去買結婚禮物。最後以兩人的名義合送一條寶石項鍊。

　　蘭心飛美國去，其他女同事知道金秀疑心病重，自動與信仁保持距離，信仁與金秀的感情就這樣順水行舟般前進，一路上無風無浪。父親知道他有女朋友，催著帶回家吃便飯，姊姊們也順便回家看看。金秀表現還不錯，大家都投贊成票。他私下向姊姊吐露金秀的疑心病重，姊姊們都說結婚後就好了。像她們，結婚後都睜隻眼閉隻眼，上班、做家事、帶孩子，誰還有力氣睜大雙眼看丈夫？

　　就在親人頻敲邊鼓的情況下，信仁與金秀走入結婚禮堂。蜜月一結束，金秀馬上提出兩條家規：一是經濟由她管，免得男人口袋有錢容易耍花招；二是行蹤要交代清楚，因為現代多的是要人不要錢的女人。信仁想自己生活正常，這兩條家規不難遵守，就答應她。

　　萬萬想不到這是兩條法力無邊的「法箍」，箍得信仁動彈不得。那時他已被調到分公司，有時趕時間搭計程車，或同事之間你來我往互請吃飯，手頭常不便，多要點零用錢，金秀就疑神疑鬼，盤查再三。行蹤更是不得自由，一上班電話就到，中間不定時查勤，向她抗議，她又要往歪處想。

　　結婚半年後，信仁才搞清楚，金秀是以她媽媽對付她父親的模式來對付他。問題是她父親是風流種，他不是啊！他自尊自重，也需要別人尊重，一天到晚被當成賊來防真不是滋味。

而她，所有精力都用來監督他，因此沒有力氣去做家事，反正他很會，就一切由他包。

有個作家說婚姻像圍城，信仁覺得城還是大的，他的婚姻像牢籠。好容易有了孩子，他想如果生下孩子，她有大部分時間要照顧孩子，他該可以鬆口氣。沒想到頭胎難產，又是女孩子，她把大部分的育嬰工作也交給他。

有一次信仁對金秀說：「妳討厭妳父母重男輕女，妳自己為什麼要重男輕女？」

「我哪有？哼，我爸就是在我媽忙著照顧小孩的時候，在外面搞七捻三，我才不會那麼傻。」

「我不是你爸，妳別老拿我跟他比。」

「天下烏鴉一般黑！」

信仁自覺是隻無辜的白鴿！日子一逕灰暗，小玫一路被打大，跟金秀一樣。小玫被要求當爸爸的跟班，一如金秀小時候一樣。不一樣的是金秀常被她父親帶去不正當的場所，小玫卻常被帶去枯燥的場所，都是大人在談話，她顯得很無聊。

「金秀，小玫很可憐，我們談公事，她在一旁沒事做，妳不要讓她再跟我了。」信仁忍不住抗議。

金秀又是一頓撒潑，最後還把氣生在小玫身上。信仁希望得到父親、姊姊們的諒解，父親要面子不肯為他的「離婚」點頭，姊姊們則領教了金秀的撒潑，無厘頭的撒潑，她們雖同情卻無能為力。人是認命的動物，信仁認命了，只要家中一日無事，他就阿彌陀佛了。

　　報上所有的離婚悲劇，受害者似乎都是女人，許多男人、女人都在為受害的女人講話，信仁真不知自己應該向誰投訴？一兩個好朋友的太太好心來和他太太「聊」，發現極難與她溝通，她自我防衛的力量實在太強了。她們建議他們找婚姻諮詢或心理醫生，信仁一直沒有勇氣把這種事攤在陌生人面前。

　　啊，面子，這兩字如電流涮過信仁心裡，自己是不是也端個面子，不肯承認娶了個心理有缺陷的太太？他閱讀許多心理方面的書，知道那是童年陰影造成，他只是一味要她忘記，用不同的觀念過日子。如果她沒有走過從前，她怎麼迎向現在或未來？自己的認定只助她往牛角尖鑽，還犧牲小玟與小柏的教養。難怪有人說悲劇會一代一代copy下去，原來是沒有人把模式破解。

　　「爸爸，媽媽和小柏沒有回來，會不會被大野狼吃掉？」不知何時，小玟走來書房找他。

　　「小玟愛媽媽和小柏嗎？」

　　「當然愛呀！爸爸已經不愛媽媽了對不對？」

　　信仁心中又是一驚，小孩的感覺是很真實的。也許是因為不愛所以認命吧？無疑他是愛過金秀，但他愛的是初識的金秀，乍看之下文靜、瘦弱的金秀，而不是那個童年時在父母婚姻爭吵中成長，飽受父母輕忽，甚至動不動被壞脾氣母親所打罵的金秀。然而那個滿心瘡痍的金秀，才是真正的金秀。

　　小玟會是另一個金秀嗎？不可，千萬不可，這麼善良的小玟，不能成為另一個金秀。信仁知道自己是破解模式的鑰

匙了。金秀無言出走，不管她心裡怎麼想，都是跨出不同的一步，他也要跨出不同的腳步，為他心中那幅和樂融融的天倫圖。

窗外曙光乍現，鳥聲傳來。信仁說：「小玟，我們去刷牙洗臉換衣服，然後出去找媽媽和小柏。」

「好！」小玟精神十足呢！

卷四　短　篇（二）

童養媳阿春

1

　　阿春已經進入彌留狀態，耳畔傳來聲聲呼喚，她吃力抬眼，老伴、兒子們、養女、女兒、外甥的臉模糊地映現。她該覺得安慰了，這一生中最親的人都在眼前，陪她走這一段路。她想瞑目了，所有的病苦該會隨著「死」而消除吧！近年來虔心學佛的養女淑妃，早在病榻前要她身心都放下，萬緣俱捨去，她現在明白是時候了，拳頭漸舒，眼睛漸闔……突然，靈光一閃，她的眼睛張大，投射出光芒，漫漫長長的一生，像影帶般放映……。

2

　　九歲的阿春，坐在廚房的大灶前生火，已經劃掉三根火柴了，火還沒著。「蘭姊怎麼還不回來？」煮飯是蘭姊和她的工作，蘭姐大她五歲，跟她一樣是童養媳。在那個年代，童養媳很普遍，反正女兒註定是賠錢貨，從小送人，可省下一份口糧，用來餵養男丁比較划算。至於有童養媳的人家，也是打過算盤珠子的，他們認為與其兒子大了需要聘金迎娶媳婦，不如早早用一小筆錢養童養媳，長大了跟兒子「送作堆」（結

婚），可以省下一筆聘金。再說伶俐點的童養媳，五、六歲就會幫著幹活，挺上算！就這樣，許多家庭把女兒送人當童養媳，再由別人家抱女孩回來養著。童養媳的命運像油麻菜籽，不由自主。

阿春自懂事以來，每天一睜眼就有許多雜碎事要做，她總是和蘭姊一起做，蘭姊會跟她叨叨絮絮，許多事情她都似懂非懂。其實，要阿春把家裏的人想一遍，都很花腦筋呢！養父在年前某日自田地歸來，臉色慘白，說是肚子痛，在床上翻滾幾個小時，吃下的藥草吐了一床，嚥下最後一口氣，眼睛還不肯閉。養母那時還挺個大肚子，直到上個月才生下個皺巴巴的兒子。大姊嫁到鄰村去，已生養四個孩子；二姊從小給人，也已和養兄送作堆。接下來是大哥，準備要和蘭姊送作堆的，可是聰明伶俐的蘭姊，總說大哥笨笨傻傻，她不想嫁他。二哥聽說很聰明，可是過繼給堂叔當兒子，搬到外地去，沒見回來過，接下來是三姊，也是自小送人，偶爾會回來。然後是三哥，也就是將來會和阿春送作堆的阿生，是個肯幹活的男孩。比三哥小的兩個孩子都夭折了，最後是一個四歲的阿妹，和才滿月的阿弟。阿妹有些痴騃，又有羊癲風，隨時要看著，不然一下子就跑到屋後的小圳去。阿弟皺縮成個小布偶般，不知會長成什麼樣子。

一家人，不是病，就是年幼，生活在狹長、陰暗的茅屋裏，挨挨蹭蹭。阿春的娘家聽說更窮更苦，把她送人後就不再來看她，也不曾帶她回去過，她只好認定這個家是她的家。

3

　　「阿春，阿蘭呢？」養母揹著阿弟從田地回來，看到她愣在灶前，劈頭問一句。

　　阿春的魂突然被叫回來，結結巴巴地說：「她，她說要去溪邊撈蝦子回來煮。」

　　「昨天才下過雨，水那麼大，哪有蝦子撈！」養母嘀咕，把阿弟放在搖籃上，趕快起火煮飯。

　　大哥跟著養母從田地回來，一聽說阿蘭去撈蝦，立即放下農具，轉身就往小溪的方向去。大哥雖笨拙，倒是很疼阿蘭，知道阿蘭將來是要當他的老婆。

　　晚飯煮好了，雞鴨也餵飽了，就是不見蘭姊和大哥回來，養母扒了兩口飯，想想不對，叫阿春看著阿妹、阿弟，她跑去隔壁堂叔家。不久，幾個堂叔、堂哥帶著柴油燈，循溪去找。

　　外面天色非常暗沉，風呼呼吹著，屋內五燭光的小燈隨風搖晃，阿春打個寒顫，胸中湧起一股不吉利的感覺。昨天大哥突然倒地，還口吐白沫，跟阿妹發羊癲風的時候一樣，蘭姊很熟練地幫他處理，等大哥恢復了，阿春發現蘭姊躲在房裡哭。晚上睡覺前，蘭姊對她說：「大家都笑我會嫁給憨人，沒想到他不但憨，還帶病！」蘭姊說著，又哭了一頓，阿春不知道怎麼安慰她。今天一整天，蘭姊都悶悶不樂……。

4

外面人聲嘈雜，阿春聽到養母的驚叫，跑出去一看，蘭姊被人抬回來放在院子，有人正拿草蓆蓋住她，一旁大哥全身溼透，渾身發抖，兩眼空洞。

喪事在鄰居的幫忙下，草草辦完。蘭姊的生母來，哭了一場，嘆女兒薄命，沒多說什麼就離開了。鄰居私下談論，有人說是不小心落水，更多人說是自殺，因為她太伶俐了，不想嫁給憨憨又有病的人。

養母又傷心又氣憤，原指望蘭姊跟大哥送作堆，撐起這個家，沒想到蘭姊不念情義去尋死。大哥從此變了一個人，常自言自語，做事更加糊裡糊塗。有一天，他去燒田裏的稻草，把自己的手燒著，變成半殘的人。

蘭姊走了，阿春要幹的活更多，每天像陀螺，團團轉，但不管再忙再累，她的眼前常有蘭姊的影子，「死亡」把一個好端端的生命帶走，她疑惑、害怕，但不知向誰說。在家裏，「阿蘭」兩個字不能隨便提起，一提起，養母和大哥都要抓狂。

5

汗漬是阿生和阿春成長的軌跡。養母很操勞，身體不好；大哥和阿妹算是吃閒飯的，不發病就感謝老天了；阿弟雖瘦弱，卻聰明伶俐，養母就堅持讓他上學去。因此，田間山上的工作，大多落在阿生和阿春身上。

　　阿春十六歲時，和阿生送作堆，養母成為婆婆。隔年，長子文清出生。文清還不到一歲，阿春聽說有人找奶媽，趕緊把這活尋來，是一女娃，叫淑妃。淑妃她媽媽的穿著與這一干村婦很不一樣，一看即知是煙花女子。沒見過淑妃的爸，鄰居都說是煙花女勾三搭四，誰知道誰是淑妃的爸。阿春也無暇過問人家的身世，認份當保母。淑妃的媽出手大方，這對家裏的收入大有助益。

　　文清身子較弱，偶有些傷風感冒，淑妃卻健康多了，阿春把她疼入心。每個月月初，淑妃的媽會送保母費來，順便買些吃的、用的，所以全家大大小小都企盼她來的日子。

　　半年後，淑妃的媽媽第一次爽約，月初盼到月中，月中盼到月尾。又一個月初，又一個月尾。淑妃的媽像從這世界上消失。通訊不便的年代，人跟人之間講一個信字，阿春他們不知道淑妃她媽打哪兒來，也無從找她，骨肉親情她怎麼放得下。一句話也沒交代，難道不怕人家把她女兒賣了？家裏夠苦了，保母費沒得拿，還憑空多出一張嘴吃飯。有人來說要買淑妃回去當童養媳，阿春一來怕淑妃的媽以後會來要回女兒，二來也捨不得把她送走，因她自己就是童養媳，日日在汗水裏尋一口飯，還虧得婆婆不虐待，阿生不打老婆。要是碰到壞婆家，淑妃的命就歹了。婆婆自己身體不好，不能幫家裏做太多事，她暗示再過兩個月，淑妃的媽還不來，就把淑妃賣給別的人家，婆婆嘆口氣說：「家裏吃閒飯的人太多！」婆婆指的是大哥和阿妹，他們一輩子要靠阿生。阿春問阿生的意思，阿生也說不

出定案，他也疼淑妃啊！夫妻倆決定咬著牙，把淑妃養下來當童養媳，也許將來和文清送作堆，這一來也不算白養。

6

日子驢般地過，文清兩歲時，阿春又有了。文清和淑妃都正牙牙學語，走路像鴨子踮來踮去。鄉下孩子在泥地裡長，也不需多照顧，田裡的活大多由阿生、阿春夫妻去做，婆婆管家中大小事，大哥在田裡多少幫襯。阿妹心思單純，圓圓的臉總是笑笑的，她幫著看看小孩。阿弟功課好，婆婆說他將來可以光宗耀祖，他們只讓他放學回來幫著放牛。

阿春的肚子隆起來了，不久，腹中小孩開始會拳打腳踢，她總抓著文清和淑妃的小手來摸，問他們要弟弟還是妹妹？文清說弟弟，淑妃說妹妹。阿春心裡希望是弟弟，因為家裡有田地，多幾個壯丁比較有用。淑妃的媽再也沒出現，她已經把淑妃當女兒看，自然不急著生女兒。

「阿春，阿妹的肚子鼓鼓的，是不是長東西啦？」經婆婆一提醒，阿春才發現阿妹的肚子是鼓出來了。她過去摸一摸，問她痛不痛，她笑笑地搖頭。問她什麼時候開始鼓起來，她也笑笑地搖頭。真是煩惱，鄉下人生不起大病，肚子裡長東西要去大醫院開腸破肚，不但危險還花大錢。婆婆找郎中抓些中藥煎，熬了要小妹喝。阿妹皺著眉喝那些苦苦的藥湯，喝了好多帖，肚子沒消，還一日大似一日。別人介紹的偏方也喝了不少，阿妹的病卻無效。看她也不像個生病的人，胃口比以前

大，養得白白胖胖，跟阿春的黑、瘦成對比。人家都說阿春度量大，把個小姑養得白白胖胖，把個小叔養得聰明會讀書。阿春心想，她可沒度量讓小姑住大醫院，因為實在是尋不到錢。

　　婆婆有時候會自暴自棄地說：「就讓阿妹這樣沒有痛苦地死也好，免得將來我死了，沒人管她。」婆婆總以為是她在，阿春才容許把小姑養在家裡。阿春也不多辯解，婆媳倆有時難免摩擦，她實在忙得沒有時間，也沒有心情做個體貼、乖順的媳婦。大哥做事番番顛顛，阿生夫妻不免大聲喝責，聽在婆婆耳中，自是覺得委屈。現在阿妹的肚子長東西，婆婆也知道家裡沒錢醫她，口氣不免酸了些。

　　要不是鎮上的產婆來幫堂嫂接生，阿妹肚子裡的名堂大概要到生產時才揭曉。住隔壁的堂嫂生產，好事的阿妹也跟著守在產房外湊熱鬧，產婆接生完，順口問一句：「這個妹仔怎麼年紀輕輕就大肚子啦？」嬸婆聽到這話，火速來告訴阿春，阿春和婆婆火速去向產婦問個明白，原來阿妹是懷孕了。村裡婦人多的是大過肚子的，但沒人看出阿妹大肚子，因為阿妹智能不足，大家都把她當長不大的孩子。阿春算算，阿妹都十五歲，是個小女人了，都怪她們忙得沒注意到這一層。問題是：誰把阿妹的肚子搞大的？

　　保守的年代，男女間的事，都只做不說，對正常人都很難啟齒去問，何況是阿妹，問了也是白問，她一逕是笑笑搖頭。阿生夫婦可以說是一個頭兩個大，村裡的男人誰都不願來認這筆風流債。婆婆說著說著就要流淚，喃喃訴道：「這小冤種，

阿妹吃那麼多藥，他也不掉，誰要養他？生來沒爹的小冤種！
我的命真苦……」

　　阿春挺個肚子在炎陽下工作大半天，身體疲乏，回家來
還要聽這些，不耐煩地回答：「生下來再說，不會少他們母子
一口稀飯吃啦！」有這句話，婆婆安心了，到處向人要破舊衣
服，準備當尿布。姑嫂倆生產期不會差太遠，好像一個家庭要
迎接雙胞胎，什麼都要兩份。

7

　　阿春生個男孩，叫文林，兩個月後，阿妹也生個男孩，阿
生說這孩子不請自來，就叫文來吧！還好政府開始發展工業，
阿生有時出去打打零工，日子勉強過得下去。

　　阿妹雖不太知世故，倒也懂得養好自己的孩子，阿春擔心
文來會跟阿妹一樣愚駿，還帶羊癲風。所幸文來學坐學爬，都
和文林差不多。由於有文清和淑妃帶著玩，文林和文來學語期
來得早，看看文來活潑可愛，阿生夫婦心中的石頭放下了。他
們也注意著，不叫阿妹再讓人佔便宜。

　　在那個不知避孕為何物的時代，阿春又有了。十個月後，
一個「麟兒」落地，阿春沒有喜悅感，日子實在太勉強。鎮上
一個富戶，夫妻都四十多，膝下卻虛，他們放出領養的風聲，
就有領養掮客找上阿生夫婦。一開始，阿春拒絕，想想別人的
孩子都在養了，何況是自己的骨肉。但是看看那四個面黃饑瘦
的孩子，阿春的心動搖了。那對夫婦也親自來拜訪，保證會善

待她的孩子。就這樣，新生兒被領養走，改姓別人的姓。這一年，阿弟小學畢業，看到兄嫂把孩子送人，也不敢夢想繼續升學，就去當學徒，準備學得一技之長。

田地的收穫不大，阿生有時到外鄉鎮去工作，一去就是十天半個月；阿春也沒閒著，幫人家採茶，到磚窯廠工作，尋活賺外快不只為餬口，也為蓋瓦屋。村人的茅屋一間間改換為磚瓦屋，阿生夫婦也向這目標走。有筆錢先換前屋，再有筆錢時換後屋。那時期，農村裡到處是新舊屋參差的光景，一派經濟要起飛的態勢。

阿春的汗沒有少流，房屋要改建，孩子要上學，累歸累，日子挺有希望。阿弟學水電，隨著經濟起飛，將來工作做不完。老大文清入小學，同一年，阿春又生個兒子文益，大的帶小的，文益的出生沒有帶來太多麻煩。只是淑妃、文林、文來一個個跟著入學，肩上的擔子一直放不下。

有時，阿春也到鎮上的旅舍當清潔工，路過那戶老三的養父母家，只敢往裡窺探，不敢去相認。老三被養得白白胖胖，是市區小孩的模樣，好想去抱抱他，但是看看自己的窮酸相，沒有勇氣去認自己的親骨肉。值得安慰的是送對人，他養父家一個大大的店面，將來都是他的，他可以比其他兄弟少奮鬥二十年。

8

隨著文來長大，村人開始揣測誰是他的生父，他們根據他的長相，耳語火旺是六年前把阿妹肚子搞大的人。這話傳到阿春耳邊，看看是有幾分像，但火旺有妻有子一大家子，沒憑沒據的也不能要他來認。當然，即使是真的，他也不敢來認，火旺的妻可是出了名的潑辣。文來和文清、文林情同手足，阿春早已不把他當外人看，再怎麼說，阿生是文來的母舅，俗話說：「外甥吃母舅，好像是在吃豆腐！」意思是吃定了。她這個舅媽，當初也在婆婆面前保證不會虧待阿妹母子。

文林和文來進同一班，第一次帶學費去學校繳，竟有個騙子假裝是老師，把全班的學費都騙走了。這如果發生在文清或淑妃班上還好（他們不同班），只是一份學費，偏偏發生在文林班上，一騙就是兩份。莫可奈何，只好向大姊夫借。阿春自己娘家早已不相往來，跟婆家的姊妹們感情比較好，大姊家的境況稍好，大姊偶爾會周濟些，不過經濟大權掌握在大姊夫手上，他又是出了名的鐵公雞，若不是事出突然，阿春也不願向他開口。兩個小傢伙知道闖禍了，淑妃還出口教訓。淑妃是童養媳，卻有些霸氣，兄弟們都順她，人家說「媳婦仔王」，大概就是她這個樣子。一般童養媳的地位差人一等，少數受養父母疼的，就會在家中稱霸。不知是家中老是生兒子，還是憐惜她被母親拋棄，阿生夫婦一向溺著她。不過她懂得取悅阿生夫婦，家裡的事也都會幫忙。阿生夫婦在向人數落淑妃那些「鴨霸」行為時，竟是炫燿的成分居多。

又過兩年，阿春終於生到一個女兒，取名淑美。這時大家的經濟改善多了，童養媳的風氣也不再盛行，淑美命好，有哥哥姊姊疼。可是阿春心裏永遠有個痛，那就是送人的老三。命運真是不可理解，淑妃、文來不是她生的，卻在她跟前長大；親骨肉老三，她卻連取名字的權利都沒有。

9

日子在餵養一群老小之中，不知不覺地過去，平淡的日子裡，有了一些漣漪……

想都想不到阿妹要出嫁了，阿妹竟然要出嫁了。那些媒婆實在是神通廣大，在一個老兵和阿妹中間牽條姻緣線。那些老兵剛到台灣時還不老，以為很快就可以在回大陸，回到故鄉和親人重聚。沒想到一晃二十年，孑然一身，家人都斷了訊息，所以有人就計畫娶妻生子，盼晚年有個依靠。由於語言和風俗習慣不同，一般台灣女孩不會嫁給他們。不過，因為無親無故無恆產，年紀也多老大不小，所以要求不高，媒婆就專門為身心有障礙的女孩子牽紅線。

婆婆不放心，阿春也不放心，她們顧慮阿妹太不懂人情世故，嫁過去很可能被嫌棄。再說，阿妹身上有病，又有文來這個油瓶子，對方恐怕也不會要。阿春心情很矛盾，原本想讓男孩子小學畢業後，去和阿弟學做水電，將來有一技之長。女孩畢業後到工廠當女工，阿生和她的擔子就輕些。可是政府實行九年義務教育，每個人至少要多讀三年的書，文清已經上中學

一年級了，學費、制服費都是一筆開銷。若阿妹順利嫁人，文來的教育費就有人分攤了⋯⋯。

媒婆第二次上門，把老兵也帶來，老兵近五十歲，相貌還算忠厚，只是語言不通，大家比手畫腳。阿春特別要媒婆把阿妹的情況說清楚，讓老兵知道阿妹天生帶病，還拖個孩子。老兵竟然願意把阿妹和文來娶回家，這件婚事算是講成了。婆婆和阿春心上的石頭暫時落了地。

老兵有宿舍，但他準備把宿舍整修一番再迎娶阿妹回去，於是他們先訂婚，老兵暫時住到家裡來。家裡房間不多，而且他們已經訂婚了，就讓他們圓房。老兵工作的地方不算遠，每天通勤，回來後有頓熱飯吃，顯得很滿足。小孩們也很快就和他混熟，尤其是文來，阿爸阿爸叫得很順口，他還向別人炫耀：「我也有阿爸可叫了！」阿春聽在耳裡有點心酸，不知道那個躲在暗處的真爸爸有何感想？阿妹雖痴騃，有老兵陪伴，笑容更多了，身材漸圓潤。不久，阿春和婆婆都看出阿妹有喜了，當她們告訴老兵，老兵好高興。剛巧宿舍整修得煥然一新，阿妹就歡歡喜喜的被娶過去。

10

村人都說阿妹嫁到好老公，可不是嘛！家中大大小小的事，都是老兵攬著做。老兵們疼太太可是眾所皆知，大家最覺得不可思議的是，老兵們連太太的內衣褲都洗，嫁給本地人的

太太們絕對享受不到。這可能是因為老兵們離鄉背井，孑然一身，且大多是老夫少妻，令他們倍加珍惜。

假日時，老兵常帶著阿妹和文來回娘家，阿妹肚子一日大過一日，臉部、手腳都有些浮腫，這是懷孕的人常有的現象，沒人多去注意。大家一心期待她為老兵生個胖兒子，將來有人傳他香火。雖說老兵視文來為己出，但有自己的骨肉畢竟不一樣。

只是命運喜歡捉弄人！阿妹病了，而且一病不起，懷著七、八個月大的孩子，走了。迎娶時才貼的門聯都還一派喜氣的紅，怎知她就這樣走了。老兵一下子老了不少，婆婆更是呼天搶地。阿春一向沒時間多照管阿妹，但阿妹像是家中的一景，猝然去世，阿春覺得若有所失。她想起蘭姊，跟她同是童養媳的蘭姊，因不肯嫁給憨大哥的蘭姊，蘭姊也曾是家中的一景，更是她同甘共苦的好姊妹。壽命要多長才叫夠，阿春不知道，阿春只知道蘭姊和阿妹都在不該走的時候走。

不過，阿春沒有悲傷的權利，她和阿生夫婦倆還得撐持起一個家，得安撫婆婆和老兵。還好文來還不是太解人事，找了幾天娘，知道娘不會回來，陪著大人哭幾次，不久又和文清、文林玩在一塊了。辦完喪事，商議好暫時讓文來再住回家裡來，比較有照應，老兵假日來探望。老兵負擔文來的教育費和生活費，家中的負擔沒有增加，阿春卻總覺得心沉甸甸的，因為蘭姊、阿妹的臉總是交錯在眼前。

11

　　所幸阿弟開店的消息，把這一片愁雲慘霧驅走。店面租在鎮上的巷裡，家裡賣了幾擔米資助，熱熱鬧鬧開張。到處都在蓋樓房，水電工供不應求，阿弟為人老實、勤快，生意欣欣向榮，手下也訓練幾個工人。好日子不遠了，阿春心想著，兄弟一體嘛，將來文清兄弟再跟著叔叔做水電，日子不光也亮。

　　可惜人算總是不如天算，阿弟結婚了，這個妯娌可沒有休戚與共的觀念。他們夫妻在鎮上掙錢，小店面換大店面，孩子也是一個接一個生。那妯娌是家中的老大，下面也有弟妹待栽培，手臂當然往娘家彎，遺憾的是阿弟也跟著彎過去，爹親娘親沒有老婆親吧！文清和文林畢業後，先後都去跟過阿弟，阿弟還算照顧他們，但妯娌臉色不是太好，最後也不了了之。還好時代不一樣，百業都有蓬勃發展的趨勢，外面世界的腳步走得很快，阿春跟不上，只好由孩子自己去闖。阿生比較看得開，外鄉跑透透，到處做工，農忙就種種田，還培養出喝茶的興趣，故舊鄰里你兄我弟的，泡老人茶，聊大大小小事，他的日子倒寬鬆。阿春老記得自己頂個大肚子，在驕陽下搬土磚，老記得在茶園裡勤動雙手拚斤兩，只為多賺些錢餵養一家人。最難過的是婆婆也較偏祖阿弟一家，唉，家務事最難斷！阿春自小與這個家同甘共苦，但近距離也讓婆媳各拿副放大鏡，專看對方的不是。婆婆偶爾到阿弟家小住，妯娌樂得奉承，婆婆看妯娌在店面招呼客人，調配工人等都俐落幹練，更覺得阿春

沒得比。阿春也曾到鎮上工作，但做的是旅館清潔工，趴著擦地板的時間多，還不知鎮上的陽光是否比家裡的亮！妯娌的老闆娘架式是阿春永遠也撐不出來的，她只能暗中怪命！

不過話說回來，阿春和婆婆的關係也算是不錯，在風雨中互相依靠，婆婆多少感念她對阿妹母子的照顧，對大哥的包容。有的婆媳是水火不容！各起爐灶。舊社會的大家庭，是是非非原來就多，阿春和妯娌不住一起，省去許多糾葛，偶爾到鎮上，還有個地方歇歇腿。彼此之間有份客氣，至少阿弟還是很敬重這個大嫂，姪兒姪女也是伯母長、伯母短叫得親。再看他們的店面生意興旺，心中也跟他們一樣有絲喜孜孜的味道。

12

老而病，病而死，是人生中正常的軌則，婆婆走完一大段人生路，病了一場後，在兒孫環繞中嚥下最後一口氣。由養母變婆婆，和阿春相處近半個世紀，所有恩怨情仇都融入阿春的嚎哭聲裡，蘭姊的臉，阿妹的臉再度交錯，人生、人死，阿春還是參不透。

婆婆走後，大哥變得不可理喻。一度，他像棵會走動的樹，靜靜的杵在各個角落，偶爾自言自語一番。看著孩子們歡鬧，他也會裂嘴笑笑。家裡發生的這許許多多的事，他都像個看戲的觀眾，誰也不知道他心裡在想些什麼。誰都以為他與外界的風霜雨露隔絕，沒想到母親的死，觸動了他。他不時啼哭，有時離家不歸，得勞師動眾去找他。阿春仔細看看他，已

是一個瘦乾的老頭樣，不知為什麼，他的眼神特別炯亮，好像在期待什麼？是蘭姊吧！一朵正要開放的蓓蕾，選擇了死亡。若蘭姊認了命，嫁給大哥，是不是家中每個人的命都會改寫？

　　大哥這樣瘋瘋癲癲鬧了幾個月，飲食不正常，又受些風寒，病倒在床，拖了一個月左右，也嚥下最後一口氣。這一天，恰好是蘭姊的忌日，鄰居都說是阿蘭來帶他走的。年輕人說這是迷信，阿春情願相信這種說法，大哥痴駭，黃泉路上有人牽引，總讓人放心些。蘭姊生前不要他，死後卻為他做這件事，也不枉一場兄妹情了。長子文清名義上過繼給大哥，將來年節好有三柱香，幾碗飯菜祭拜他。

13

　　大哥鬧瘋病這段期間，阿春被折騰得身體不大俐爽，喪事多虧阿生及幾個大孩子處理。阿春突然發現文清和淑妃已是大人了，會幫著拿些主意。阿春的心又不得閒，照說淑妃是童養媳，和文清自小感情也不錯，思量著該不該提醒他們「送作堆」？但他們不會虧待淑妃，讓他們隨隨便便送作堆。雖然淑妃沒有娘家，她會跟阿生商量，風光辦一場，跟現代年輕人的婚禮一個樣。阿春想著，不禁性急起來，她在淑妃這個年紀，都已經生老二懷老三了。現代年輕人不作興早結婚，書好像都讀不夠，家裡供不起，他們就半工半讀，自己在外面租房子，一切都靠自己打理。他們說學歷很重要，要和別人競爭，學歷佔著很重要的地位。阿春聽聽也覺得有理，阿生和她，還有同

年代的朋友們，大多是「青暝牛」，大字不識幾個，一輩子靠血汗賺錢，她真不願意孩子也受那些苦。可是養兒育女也是人生大事，如果彼此有意先訂個婚也可以。文清和淑妃彼此有意或無意呢？年輕人講究自由戀愛，手拉手去看電影，去公園散步，文清和淑妃好像還走不到這一步。他們在不同的地方工作，只有假日回來才碰面，有時候各自帶一大群朋友來，大夥玩在一塊，感覺不到誰和誰特別好。阿春決定先問問淑妃的意思，淑妃小時後像個「媳婦仔王」，長大後卻柔順懂事，毫無霸氣痕跡，和弟妹感情也不錯，將來應該也不會有什麼姑嫂糾紛。

　　找個母女倆去菜園摘菜的機會，阿春七彎八拐問了淑妃，淑妃也七彎八拐地拒絕。結論是她說一直都把文清當哥哥看，沒想別的。阿春有點失望，不過她想也許是文清太不主動，女孩子嘛，總要有人「追一追」的感覺。她抱著一線希望，找個母子倆單獨相處的機會，單刀直入問文清，沒想到文清也單刀直入地切入要點，結論也是他一直把淑妃當妹妹看，沒想別的。好像他們事先有套過招一樣，阿春只好對這事死心，但個別提醒他們，有合得來的朋友，帶回家給父母看看。

14

　　時代真的不一樣了，家家有電視，阿春透過電視去看大千世界。家電用品越來越齊全，孩子們看到有方便的東西，會合力買回來給阿春用。以前一睜開眼就不停幹活，就說升火煮

飯這件事吧！柴火不是天上掉下來的，枯枝不夠，用柴刀偷偷砍些活生生的枝葉，若被林子主人抓到，一頓訓斥後沒收是正常的，兇一點的還打人。可是不偷行嗎？一大家子加上豬雞鴨鵝都要吃煮熟的食物，還要燒洗澡水。每次去撿柴火都擔驚受怕，運氣好連撿帶砍，扛一大捆柴回來，還得劈劈紮紮，分乾分濕，分大分小，才能送進爐灶。現在瓦斯一開，吃香喝辣全有了，阿春有時覺得自己在作夢，不知以前的是真，還是眼前的是真？洗衣服的力氣也省下不少，除了阿生種田穿的要用手搓，其他的都交給洗衣機，洗完還會鳴笛叫人來晾衣服。阿春好喜歡那一聲鳴叫，因為年輕人都在外工作，小女兒淑美白天去上學，阿生到處去打工，家裡靜悄悄，洗衣機排水管排出嘩啦啦的水聲，和最後的鳴叫，變成阿春生命裡的一種音樂。當然，阿春也有娛樂，那就是和鄰居打四色牌。這四色牌是自小就會打的，但年輕時得在百忙中捏啊擠啊，才能湊合打一下，似乎從沒過癮過，現在時間多啦，其他人也跟她一樣，苦盡甘來，有大把時間來打。只是，大家似乎不如以前帶勁。

阿生的日子有意思多了，田間走走、朋友家聊聊之外，也熱中旅遊。旅遊業成了新興行業，旅遊和進香結合，發展更是興旺。阿生身體好，跟著鄰里親友組成的團南征北討，好不快活。等到開放觀光，也學著人家上照相館照大頭照辦簽證，搭飛機出國去了。近來阿春身體一直不太好，對旅遊的興趣缺缺，用種菜、養雞、操心兒女來打發日子。

15

盼著盼著，淑妃先傳來喜兆，對方長得厚實，家道小康，家世單純。阿生和阿春把淑妃當親生女兒嫁出去，禮數一樣也不缺。十年來自從阿弟娶媳婦之後，家裡就沒有這麼喜氣過。鄰里又有人說話了，說阿春白養個童養媳，還花筆嫁妝，不上算！阿春心裡有數，自己從小被抱來這個家，五六歲就學著分擔家務，什麼苦沒吃過，真要算，跟誰算去？身邊的人生離死別也不知幾遭了，人再會算也算不過天，淑妃出身不好，成了沒爹沒娘的孩子，雖不是親生骨肉，卻也是用自己的奶餵養出來的，這些年來，沒少她吃穿，也沒少她愛，至於以後命運如何，就看她自己的造化了。

喜事成雙，淑妃才傳來懷孕的消息，文清也有論及婚嫁的對象，是鎮上生意人家的女兒。見過幾次面，阿春覺得她有股嬌氣，但是文清喜歡就好，阿春也不好多說。文清在鎮上租個店面賣小家電，也需要有幫手看店，這一點倒是很理想。何況阿春悶得慌，淑妃嫁得遠，小孩有婆婆可以看顧，文清就在鎮上，他們生意忙，小孩可以放在家裡陪阿嬤……阿春不禁盤算起來，文林、文來也從國中畢業了，一個做美髮，一個做木工，兩個都踏踏實實，娶妻生子的日子應該不會遠。阿春好像看到門前空蕩蕩的廣場上，有一群小孩子在嬉戲。

16

說起文來，是小姑阿妹的私生子，虧得一個老兵不嫌棄，娶了他們母子。只怪阿妹命薄，嫁過去不到幾個月就病死。阿妹死後，文來又回家來住，國中畢業去學做木工，順便搬過去和老兵住，幾年來，父子相依為命，情感不輸真父子。而文來也沒忘了舅舅、舅媽，常回舅舅家來，阿春決定，文來娶太太時，她要以婆婆的身分來主持。想著想著，又想起送人當養子的老三，聽說他還在讀書，幾個兄弟裡他的命最好，沒吃過什麼苦，不知道他心裡有沒有想過這個苦命的娘……。

淑妃生個女兒，她逢年過節都會帶著夫婿、女兒回來，誰說骨肉才會親！阿春原也並不企求淑妃要感恩，但女兒、女婿這麼孝順，她喜在心頭。大媳婦快生了，看那肚子該是兒子。果然，不久家裡就添丁了，可是大媳婦要自己帶孩子，帶不過來時寧可請娘家的人幫忙。自文清結婚後，阿春心裡就有個疙瘩，老覺得大媳婦瞧不起她，這一來更證明了。含飴弄孫的夢無法實現，心裡很鬱卒。

17

有一天早上，阿春起床，腳才著地，眼前一黑，整個人就不省人事。待醒過來，人已經躺在醫院。還好，只是輕微中風，淑妃知道她的心結，要她想開點，兒女都大了，多享享清福，別再操一大堆心。阿春苦笑，身體半殘，也只好享清福，

享福卻不識福滋味。病榻前，兒女們都表現得很關心，連大媳婦也柔語相對，阿春心情好過些，不久後出院，身體虛了些，左腳有點跛，算是最輕微的。

　　家人可以讓阿春身體不操勞，卻無法讓她心裡不操心，壞事她操心，好事她也操心。文清夫婦個性大不相同，在管教孩子上常水火不容，儘管阿生說：「那是年輕人的事，妳不用管。」她哪能不管？文林、文來都要娶妻，阿生說：「年輕人自己會安排，我們出些錢讓場面風光就好，妳別主張太多，操自己的心！」阿春想想，這都算我兒子的喜事，我哪能不管？於是阿春的心情起起落落，血壓也起起落落，常頭痛，常要找診所的醫生打一針。

　　如果你有時間坐下來，阿春會很樂意跟你叨絮：文林的老婆也是學美髮的，夫妻倆開一家美容院，生意不錯喔！文來的太太不出去做事，可是把一個家打理得乾乾淨淨，把一個老兵公公服侍得妥妥貼貼。每次跟著文來回舅舅家，二話不說就鑽進廚房幫忙，手腳俐落，說話得體，比真正的媳婦還好。自從阿春生病後，老三在養父母的首肯下，正式來認親生爹娘，偶爾也會來探望，兄弟中他長得最白嫩。老四已經可以獨當一面當大廚了，可惜交個女朋友，長得是很漂亮，但一看就知道是一個只會享受，不會持家的女孩……。

　　這些長長短短，阿春都用一條繩子把它們串住，然後掛在嘴邊，也掛在心上。不過有一件事，氣得她血壓陡升，也不敢向別人嚷嚷，只敢講給與她情同姊妹的大姑聽，請她大姑幫忙

拿個主意。讓她生氣的主角是小女兒淑美，才讀高一就懷孕，經她找人打聽，那男孩也是高中生，且平常就像個小混混，名聲並不頂好。大姑主張孩子先拿掉，等淑美完成學業，男孩子完成學業，去當完兵再說。阿生和幾個兒女也是這麼主張。於是雙方人馬在不和諧的氣氛下，達成一些約定。阿春想不透，淑美也不是個壞女孩，怎麼會死心塌地的愛那個男孩子？

　　想不透的事情太多了，阿春心上的長長短短，新新舊舊，越串越多，有的甜、有的苦。阿春認為，這就是人生吧！不管大人物、小人物，也都跟她一樣，心上掛滿長長短短、酸甜苦辣的果吧！

18

　　幾年下來，阿春的身體就這樣時好時壞，周遭的人與事也不斷在變化。就拿她最親的幾個人來說說吧，阿生除了較老，算是變化最少的，他就有辦法沉沉穩穩經歷這些風雨，老來還跟兒媳們學打麻將，日子更有聊了。

　　說到小叔阿弟，阿春心頭一緊，忍不住嘆氣，才是大前年，他才剛上五十，一場車禍要去了他的命。還好家道富厚，妻小繼續經營事業。阿春與阿弟的老婆之間也不再有啥疙瘩，一到假日，妯娌常帶著孩子回來玩。阿春發現人與人之間的親疏，好像沒個定準。

　　老大文清夫婦個性還是不合，習慣了倒也沒事，孩子一個一個生，大媳婦也知養兒育女苦，人變得懂事，對婆婆體貼許多。

　　文清、文林都跟阿春親，老三自小給人，雖來相認，總是多了份生疏，阿春心裡感到委屈，也不會想在他面前說。老三的媳婦也是客客氣氣，情份、怨氣都沾不上邊，連聽他們的孩子叫阿嬤都顯得不真切。阿春也始終不敢問他，怨不怨當初把他送給別人？

　　老四文益自小獨立，不大需要人操心。可是娶的媳婦還是世間少有。她是一個煙花女子抱養大的，好吃懶做，有時住回家裡來，整日裡跟孩子關在房間，有客人來也不知出來招呼或幫忙接待。想出門訪親訪友，打扮得漂漂亮亮，一到路口，也不等公車，手一招，就搭計程車走了。阿春生病後腳不大方便，若兒子沒時間載她，都還是等著公車。打掃時打開老三的房門，不時有用過的杯碗，殘留些乾了的湯汁，唉，這款媳婦在古早不被咒死才怪！有一次家裡有客忙不過來，喚她下來幫忙，囑她切盤香腸出來給客人吃，許久沒動靜，阿春進去看個究竟，天啊，她正優閒吃著香腸，一盤已吃去大半盤。罵都不知該怎麼罵起！大姑、小姑、表姊、表妹來，其他媳婦都叫得快，也陪著話家常，她就有辦法當成沒看到這些人。跟文益說，文益回答：「她就是那個樣子！」

19

文益的媳婦是自古以來少有，文來的媳婦卻是現代少有，親切熱情，招待得尤其周全。文來真是好福氣，娶的媳婦人見人誇，還幫他生三個兒子。有個姊妹淘對阿春說：「妳那三個媳婦加一加，沒有人家一個媳婦好。」這能怨誰呢？不過阿春打心裡也是把她當媳婦看，很替文來高興。

淑妃也是讓阿春很安慰，什麼話都可以對她說，她也最能夠寬慰阿春，也許同是童養媳，特別能了解彼此的感覺。女婿也一直很體貼，一家四口同進同出，看起來很幸福。淑妃近年篤信宗教，常講些道理給阿春聽。

親女兒淑美就不一樣，淑美並不是不孝順，但她自己的煩惱太多，阿春也幫著煩惱。當初淑美不懂事未婚懷孕，孩子墮掉後，阿春希望她畢業後先工作一段時間，思想比較成熟後再找可靠的人嫁。誰知她一心一意等那男孩，也讓他們如願結婚，結婚後他那不負責任的態度表現出來了。他沒有定性，一年要換二十四個老闆，淑美拚命攢錢，自己開一家美容院，要他學著做，他根本做不住。淑美回娘家他不愛跟，去他們家也老見不到他的人，萬一見到面他也冷冷點個頭，和淑妃的丈夫不能比。這是淑美自己要嫁的，她吃了苦也不說，看在阿春眼中，更是心痛。孩子都生兩個了，他還像單身漢一樣自由自在。唉，最讓阿春放不下的就是淑美和她兩個孩子……。

有一天早上起床後，眼前一黑，阿春又住院了，這一次情

況可不是這麼樂觀。今天，看看情況不對，醫生要家屬有所決定，阿生決定把她帶回家，也把兒孫都召回來守著。大家都聽淑妃的指示，含淚勸阿春多念經、少嘮叨，阿春都聽不進去，只忙著把大事小事往心上掛。這幾天有時清醒些，心頭也都亂糟糟，抓住些吉光片羽，顛倒錯亂地想，記這個、掛那個。只知道耳畔老有人在叫，聽不真是誰，漸漸地也不在乎是誰，心想一定是自己的親人，誰叫都好。

　　這一刻，阿春很清醒地看大家一眼，很清楚地回顧了這一生，就聽淑妃的話，把什麼都放下了！

20

　　童養媳阿春，一個平凡的小人物，隨著時代的大巨輪，演化了她一生的悲歡離合。跟阿春同時代，還有無數的童養媳，她們的一生，又是如何演化的呢？

尋親

　　素雲邊按門鈴邊打量門面，這個社區並不是很高級，但是感覺小而美，齊整之中有些溫馨的氛圍。她有點忐忑不安，不知道和她面談的會是怎麼樣的人？

　　素雲在網路上看到一則「華語教學」的廣告，廣告上特別註明要來自台灣，能操華語和台語或客家語的華人。在美國完全沒有工作經驗的她，覺得這不失為機會，雖然她不會說客家話，還是提起勇氣回應。對方自稱叫「玉」，這也讓素雲有種親切感，畢竟周遭的老美總是安妮、蘇菲亞、克莉絲汀等十足洋化的名字。她心裡猜測她是白人、黑人，還是拉汀人？

　　門打開了，出乎意料的，竟然同是黃皮膚的人。也許是日本人或韓國人，她的腦中迅速閃過這個揣測。有許多日本或韓國太太，隨著丈夫的工作到處遷調，需要學多種語言，華文當紅，因此她們有空就學一學。不過玉的樣子很像台灣人，眼睛是鳳眼，鼻子有點塌。

　　對方笑盈盈地伸手寒喧，好標準的美國腔，素雲又是一驚，幾乎可以肯定她是亞裔美人。素雲趕緊回以笑容，隨玉走入屋內。素雲的英文會話算是流利，移民過來這十年，陪著孩子就學，難免要參加一些家長會，與人接觸機會多，語文無形中也進步了。

　　兩人談了些對教學的概念，與希望加強的方面等等，由於年紀相仿，談起來挺投緣的。不過玉提到另外有三個比較年輕的應徵者，她要在她們四人當中挑選最適合的人選。

　　素雲問玉，為什麼要學華語？玉說「這是一個很長的故事，以後有機會慢慢說」。

　　回程的路上，素雲想大概沒希望了，那三個人當中就有兩個有教書經驗。看看自己，半老徐娘，一臉風霜（非風韻），而且一點專業的形象也沒有，可能沒有機會聽玉那長長的故事了。想哭的感覺又上來了，雖然她的故事跟許多移民家庭一樣，想起來仍舊傷痛，更現實的是經濟上不得不籌謀一番，坐吃山空不是辦法。

　　回家後打起精神，上網繼續尋找工作機會。

　　第三天，玉來電說希望由她來教。素雲心情頓時開朗許多，哼著歌設計教材。自從辦完離婚手續後，沒有這麼快樂過。打開衣櫃，把以前喜歡穿的衣服拿出來試試，還好，雖然瘦了些，樣子差強人意；抹上化妝品，似乎也蓋掉一些憔悴。她當下決定，接了孩子以後，到餐館打打牙祭！她離婚後，原本想回台灣，可是孩子自小在美國長大，恐怕無法適應台灣的生活。她慶幸還好老大十二年級了，他說大學時要半工半讀。兩個孩子都懂事，她想手邊的積蓄加上微薄的贍養費，稍微咬緊牙關，等老二高中畢業後就輕鬆多了。現在又找到事情做，一方面打發時間，一方面存點錢，讓將來的生活更有保障。

　　玉是市場分析師，看起來頗為精明，她似乎是獨居，不知道結過婚沒有？素雲在美國待久了，懂得不要探人隱私，尤其是四十好幾的女人，問錯問題，雙方都尷尬。奇怪的是玉挺喜歡問些台灣習俗，尤其是客家人的習俗。可惜的是素雲雖然是客家人，自小給台灣人抱養，後來和親生家庭失去聯絡，對客家習俗不熟悉。她為了保有這份工作，常向客家朋友請教，或寫信請弟弟妹妹去問，自己也上網找資料。

　　這時素雲突然思考：如果從小沒有送給別人，她會有怎樣不同的命運？聽說她生身家庭太窮困了，才把她送掉，養父母結婚三年還不生，急死了，聽從別人的建議，抱個女娃來招弟。素雲果然為養父母招來二妹一弟，所以養家這邊的長輩都對她不錯，她也就不太在意娘家。有時還因為被送掉而不平，心想既然你們不要我，我也不必管你們！記得大約六歲時，她親生母親過世，她被帶回去，只是，她被那個喪禮嚇壞了，好多人在哭，她得跪在地上，聽道士敲鑼打鼓，又叫又唱的。她好像還有兩個姊姊一個弟弟，她和他們不熟。大人們忙進忙出，講的話她聽不懂，也沒有人特別關照她，飯都沒能好好吃上一頓。她的父親變成一個有鬍渣、面容憔悴的人，她不敢靠近他。

　　她在六歲認識了「孤單」。

　　以後，娘家的人要來帶她回去，她都哭著說不回去，勉強被帶回去也老是哭，漸漸地娘家人不太來帶她。最後一次見娘家人，是父親娶新的老婆；最後聽到娘家的消息是，他們搬家

了，那年她十三歲，心裡覺得輕鬆些。過了兩年，養父因為工作關係，也舉家搬離，她更是大大鬆了一口氣。

幫玉上了半年的課，兩人之間漸漸熟稔，她慢慢拼出玉的身世。

有一天，玉拿出她的家庭相本，有一張泛黃的老照片，一大群人老老少少幾十個，坐在一幢三合院的廣場上照的。大概是太陽光很大，每個人都瞇著眼。玉指著其中一個嬰兒說：「這就是我。」聽說那是她曾祖母八十大壽的全家合照，那也是她與親人唯一的一張合照。接著的照片就是她和養父母，還有這邊的親友們的照片。原來她是被美國人領養，她的名字裡有一個玉字，養父母就叫她玉。

玉的身世並不是密秘，從小養父母告訴她，有機會就帶她回去見見家人。可是玉並不想，心態上也覺得既然父母不要她，她何必去認他們？等她十七八歲時，偶爾問起養父母，養父母就會拿出一張紙，上面記著她的華語名字，還有她家的住址。養父母想籌一筆錢帶她回去見見親人，她知道養父因生意垮了，經濟上不太好過，就說等自己會賺錢了再回去。

人算不如天算，她的養父生病了，養母賺的錢只夠糊口，她自己半工半讀修完大學課程。剛開始投入職場，工作又不順利，回鄉尋親的事耽擱下來。後來養父過世，養母退休，兩人相依為命，工作漸入佳境，養母一直催她回台灣找找家人，她影印地址寄信到台灣，沒有回音，試了兩三次，都石沉大海。

後來請從台灣來的留學生幫忙打聽，才知道那個地方早就因都市計畫有了重大改變，找不到原來住址的所在地了。

素雲跟玉說：「這幾十年來台灣的變動實在太大，三合院那一類的老房子也大都改建了，要找親人恐怕要由戶籍資料著手。」

玉說她養父的遺願，就是希望她有一天能夠和親人相認。原本和她一起住的養母最近過世，臨走前希望她一定要試試看。玉的養母走後，她才強烈感覺到自己真的是孑然一身，於是決定找時間學學華語，希望比較容易認到親人。

素雲決定幫玉想辦法。她請妹妹去玉的原戶籍地找資料。

妹妹很積極幫忙去找，甚至要她請玉提供照片，尤其是那張大照片，玉趕緊把那張古老的照片拿去複製，加上她成長的每個階段一些代表性的照片，都寄到台灣。

在等待的日子裡，玉學華語的熱誠更大了，要求素雲帶她進入臺灣人的圈子，這樣她將學得更快。素雲樂得帶她認識自己的朋友。玉的個性很開朗、大方，彆扭的華語更增一些趣味，老老少少都喜歡和她說話。

有一天，素雲的好朋友如真說：「玉跟你有點像呢！」

素雲想想，說：「不大像吧，我是雙眼皮，她是丹鳳眼，還有她的鼻子比較塌一點。還有，她的個性比我開朗多了。」

「沒錯，可是就是覺得你們的味道有點像。」

「可能是我們已經上一年的課了，她以前都穿套裝，最近看我穿這種很輕鬆的棉質衣服，請我幫她買了幾套來穿，看起來就有點像。」

「對，可能妳們越來越熟悉，越來越有默契。」如真下個結論。

「她雖然在美國長大，某些觀念還挺東方的。現在她積極地要尋根，思想上跟我們就更接近了。」

「很多從小被外國人領養的人，長大後都會展開尋根之旅，只要是人，都很難忘記自己的根源。」

聽了如真這一番話，素雲心裡震了一下，自己的根呢？養父養母都過世了，還好和弟弟、妹妹感情不錯，回台灣還有個「娘家」可以去，但這算是她的根嗎？若要論到血緣，生身父母那邊才是她的根，只是她早就是個「連根拔起」的人，由於當時對家人的不體諒，她刻意切斷那種關係。

如真離開後，她突然有種強烈的欲望，想要知道生身父母那邊的親人怎麼樣了？他們還記得她嗎？她依稀記得每次回去，她都一直哭，爸爸不知道該怎麼辦，兩個姊姊在一旁哄她，對弟弟她倒是沒有什麼印象。後來她比較大了，回去後不會哭，但是都不講話，只是默默地把飯吃完，然後就急著回養父的家。

當年她是不是傷了家人的心？父親還在嗎？姊姊弟弟過得好不好？有沒有想過她？離婚後心空了一陣子，好容易恢復了，這一想心又空了，而且是夾雜著愧疚的空。有了親生骨肉之後，更能了解那種血緣之情，是最難割捨的，如果不是貧窮，誰會捨得把骨肉送人！

　　許久不曾流淚，以為淚已流乾的她，這會兒禁不住流下心酸的淚，開始低泣，而後，竟至嚎啕大哭。哭夠了，心情好像輕鬆多了，洗把臉、梳梳頭，煮了杯咖啡，坐在窗口慢慢喝著。

　　素雲的心忙碌起來了，「尋根」的念頭閃過，也許她也該學學玉，去尋找她失散多年的親人，她尋親的困難度應該比較小，畢竟她一直都在台灣成長。

　　可是，她現在這種處境，尋到親人又能怎樣？一個離鄉背景又失婚的女人，家人會怎麼看待她？手足之情誠然可貴，可是卻也聽說很多兄弟姊妹為了爭財產，不惜撕破臉、打官司，跟仇人沒兩樣。

　　想像中她應該「衣錦還鄉」，讓家人以她為榮，樂於接納她，而不是讓家人覺得必須同情她、接濟她。何況她也不知道他們境況好不好？

　　今天咖啡的味道真苦！素雲喝得心中也泛著苦，算了，在養父母這一頭，他們沒有刻意說過她是抱養來的，弟妹們也許知道，也許不知道，大家都沒提起過。如果突然間跟弟妹說她要尋找原來的家人，不知他們會怎麼想，還是暫時把那件事擱下來，全心全意幫助玉吧！玉的成就應該可以讓她的親人感到與有榮焉。

　　玉和素雲的感情越來越好，她也開始邀請素雲進入她的社交圈，有兩個外國朋友想學華語，就順理成章找素雲來教。玉知道素雲的狀況，希望多幫助她在經濟上無後顧之憂。玉的

朋友見到素雲，都以為她們是姊妹，玉跟他們說這就是中國人說的「緣分」，她和素雲有緣分，所以會認識，更進一步成為好朋友，現在素雲還請親戚幫忙她尋找台灣的親人，這樣的好緣分是上一輩子修來的。她也把這話講給素雲聽，素雲聽了很感動，素雲覺得玉真是她的貴人，在她人生最困頓的時候，給了她這麼多幫助。玉沒有孩子，她和素雲的孩子一見面就很投緣，這讓素雲更覺得欣慰。

素雲的小妹素瑛沒有在工作，負起幫忙尋親的任務，大妹素卿和弟弟志林提供點子，他們一向敬重素雲，素雲離婚後堅持住在國外，他們想幫忙也使不上力，現在素雲的華語學生有事需要協助，他們就把它當素雲的事，卯起勁來辦。不過這個任務有相當的困難度，素瑛按照幾十年前的住址，到戶政事務所查詢，還到附近的人家去問。那裡成為新興的重劃區，外來人口多，好容易才問道原居民，不過那位阿婆年紀大又重聽，說話顛三倒四。後來找到她嫁到外地的女兒，才問出個梗概。

原來玉出生不久就讓人領養，在原戶籍裡根本沒有報戶口，只是她的養父母堅持要有個中文名字，他們家的人就隨口說個「玉」這個名字，找個識字的人把「邱美玉」寫上去（姊姊的名字中間都有個美字），再把住址寫上去，就讓人帶走了。玉的養父母有寄信來，可是家族裡識字的不多（何況外文），很少回信。當時通訊也不方便，後來搬了家就完全斷了訊，家裡人也就當沒這個孩子。

　　那婦人說玉應該有三個姊姊，可是後來不知道為什麼只看到兩個，那時候她到外地工作，不常回家，所以詳細情況也不大清楚。她忽然想到她的小弟阿河和玉的小弟不錯，說不定可以問出一些消息。她和小弟差了將近二十歲，住得遠，平常聯絡不是很密切，她把小弟的電話給素瑛，讓素瑛自己去聯絡。

　　素瑛很慶幸那個阿河也住台北，就趕緊打電話連絡，希望約個時間好好問個清楚。

　　阿河帶著疑惑的眼光看著素瑛，素瑛費了好一番勁兒，才把她接受委託的事說清楚。阿河說：「我和阿明從小一起長大，後來他們搬了家，我們就失去聯絡。很巧的是當兵的時候我們在同一連，才又有了聯絡。不過，小時候我常看到他的兩個姊姊，好像還有一個姊姊送給別人，可是送得不遠，我記得有一次大拜拜，他那個姊姊有回來，那時候我很小，也沒有特別去跟她打招呼。」

　　「不對啊，這個玉是出生沒多久就被領養到美國去，從來沒回來過。」

　　「我想這個玉是別家的女兒，我們那個村子有好幾戶姓邱的人。」

　　「我到戶政事務所去過了，好像是這一戶最有可能，你看，我這裡有一張老照片，是他們家族的大合照。」素瑛拿出照片。

　　「咦——，這張照片我有一點面熟，好像在哪裡看過？」阿河陷入思考。

素瑛不敢作聲。

阿河拍了一下頭說：「好像在邱家，而且好像不只一張，那時候我們小孩子都隨便串門子，我記得姓邱的人家大廳上好像都有這一張照片，不過，阿明家卻沒有這一張照片。」

「你會不會記錯了？」

「不會啊，因為我和阿明最好，沒事就往他家跑。這樣啦，我幫你問問阿明，如果這個玉不是他姊姊，也可能是他的堂姊。」

素瑛問：「我可不可以直接問阿明？」

「他在大陸工作，好幾個月才回來一次。」

「那我可不可以去問他姊姊？」素瑛急著問出結果，好給素雲一個交代。

「他姊姊我沒有聯絡，這樣好了，我把這件事情告訴阿明，再看看他願不願意把他姊姊的電話給我。」

素瑛看阿河凡事謹慎，心想可能是詐騙的人太多了，要相信一個陌生人是不大容易，她就把自己的電話住址都留給阿河，千拜託萬拜託請他儘早聯絡。

人在美國的素雲知道事情有個端倪，心中稍感欣慰，玉更是樂觀地以為自己就要和家人相認了，她開始計畫休假，準備到台灣和家人會面。素雲倒有點擔心，人事滄桑，即使找到玉的親人，他們是不是那麼願意相認呢？萬一是玉一頭熱，到時候失望恐怕更深！素雲有點患得患失，她想如果自己去尋找親人，一定會有這層顧慮。

　　在台灣，素瑛終於拿到阿明他大姊的電話，約在咖啡廳見面。

　　素瑛看到一個五十開外的婦人，猜想她大概是阿明的大姊，就先打招呼說：「妳好，你是阿明的大姊嗎？我叫做素瑛，那個玉是我姊姊素雲的朋友，她們都在美國，不方便回來，所以請我聯絡。」

　　「我有聽那個阿河說，阿河本來要陪我來，臨時有事不能來，我叫做美珠，阿明要到月底才會回台灣。」

　　「那我就叫你美珠姊好了，這件事是有點奇怪，可是我想如果玉很想要找到她家裡的人，應該幫忙她，就到處打聽，打聽到妳這裡來。」素瑛一邊打量著美珠和玉像不像姊妹，一邊把玉提供的照片和資料都拿出來。

　　美珠說：「我聽到阿河在說，心裡也很高興，因為我們有一個妹妹給美國人，如果能相認當然很好，前幾年我爸爸還在念，可惜他過世了。」

　　「啊，真可惜！美珠姊，這張照片你有沒有印象？」

　　「有有有，這是我家的，那時候我曾祖母過八十歲生日，特別請相館來照的，每一戶分一張，我們家的就給小妹的養父母帶走，我記得他們是捲毛人，他們講的話我都聽不懂，可是他們人看起來很好，還送我們巧克力糖。這樣說起來，玉真的可能是我們的小妹，來，我來找一找她在哪裡？」美珠的情緒有些激動，拿出老花眼鏡在老照片上找。

「在這裡在這裡，抱她的人應該是我媽媽，那我應該在這裡——」

「大姊，大姊——」突然有一個婦人慌慌張張進來，直衝她們這一桌來。

「美枝，來來，快來看，我們小時候照的照片。」

「哇，這一張，小時候我看伯伯叔叔家都有，常吵著爸爸也去弄一張，那時候根本沒辦法再弄一張。我看看，人好小，現在我老花眼了，看不出來誰是誰？」

「啊，我先跟妳介紹一下，她叫做素瑛，是這個玉拜託她姊姊來找我們。」美珠介紹。

「妳好妳好，我叫做美枝，是她的妹妹，她打電話跟我說，我以為她在講古，沒想到是真的。這就是玉現在的照片嗎？看看像不像我們家的人？」

素瑛端詳著美枝說：「我覺得玉跟你有點像。」

「對，她的鼻子跟我很像，我們家有的像爸爸，有的像媽媽，我像我爸爸，小眼睛、塌鼻子，我大姊和小弟像我媽媽，比較漂亮。」美枝說。

「那這個玉真的很像是我小妹。」美珠判斷說。

「可是美珠姊，我去戶政事務所查，好像妳們的妹妹年紀比她大，而且是送給台灣人。」素瑛有些疑惑。

「啊，對了，我三妹是送給台灣人，這個是四妹，因為很早送人，沒有報戶口。那時候我媽媽身體不好，沒有奶水給她吃，就早早送走。」美珠說。

「那這個三妹還有聯絡嗎？」素瑛看看八九不離十了，乾脆再把老三也找到，可以來個大團圓。

「唉，我三妹跟我們早就失去聯絡了。」美枝臉色沉了下來。

美珠接著說：「我們三妹叫做美蓮，快要一歲的時候我媽媽又有了，那時候家裡實在太窮，只好把她送人，小時候她不喜歡回來，後來我們搬家就沒有聯絡了。」

「可惜，你們都沒有想要找她嗎？」

「想過啊，可是我們搬了家，生活很艱苦，那時候我媽媽已經過世，我爸爸又娶了我繼母，繼母管家，只有我爸爸靠苦力工作，還要養三個孩子，他想等家裡比較有錢再去找她。後來，好像他們也搬家了，不過我們知道她的養父養母對她不錯，就比較安心。」美珠回答。

「美珠姊，說不定可以趁這一次機會，把她找出來相認啊，她送給什麼人家？」素瑛找人找出興趣了。

「她的養父好像姓張，她的名字也改了，美枝，三妹送人後叫什麼名字？」

美枝想了想說：「我也忘了，爸爸每次提到她都還是叫她美蓮，我們家的人也都叫她美蓮。」

「她每次回來都不高興，叫她什麼她都愛理不理，所以搞不清楚她改成什麼名字。」

「沒關係，我們先確定玉是不是妳們的妹妹再說。」

「現在不是可以去醫院驗什麼DNA嗎？」美枝問。

　　素瑛回答：「那是比較科學的作法，我趕快跟我姊姊報告，看她們那邊決定怎麼樣，好高興喲，如果你們真的是兄弟姊妹，經過這麼久了還可以相認，實在應該恭喜你們。」

　　「以前家裡窮，兩個妹妹都送人，如果能夠都找回來就好了。」美珠眼中閃著淚光。

　　「沒想到一個還是美國人哩，大姊，以後我們可以去美國玩。」美枝開始做著美夢。

　　「可惜，三妹雖然給台灣人，大概比較不容易相認，因為她可能很氣被送走，根本都把我們當陌生人。」美珠幽幽說著。

　　「我大姊常把這事掛在心頭，好像是她的錯。」

　　看美珠那麼難過，素瑛安慰她說：「美珠姊，我一看到妳就覺得妳是個好姊姊，很有親切感，說不定妳三妹現在也想你們。」

　　「素瑛，我們也來學妳怎麼找人好了。」美枝提出想法。

　　素瑛就把她的經驗告訴她們，三個人談得非常愉快。

　　事後，素瑛把經過告訴姊姊素卿，素卿若有所思地說：「這麼說來，玉出生的地方距離我們家鄉不遠。」

　　「真的嗎？我們的家鄉在哪裡？」素瑛小素卿四歲，記不起家鄉的樣子。

　　「就在玉的老家不遠的村子，我記得大姊也是那附近的人。」

　　「大姊，我們的大姊素雲？」素瑛覺得很疑惑。

「這件事沒跟妳提起過，大姊是爸媽抱來養的，到她五歲的時候，媽媽才生下我，再兩年生了志林，再過兩年才生下妳。生下妳不久後我們就搬家了。我也是後來才知道的，媽媽說大姊不喜歡讓人家知道她的身世，所以我就沒跟你們說。」

「這，這真是天大的消息，我覺得大姊跟我們長得不大一樣，沒想到——，二姊，妳也太會保密了。」

「既然爸、媽、大姊都不提，我也不好明說，再說大姊跟我們感情那麼好，有的親姊妹還沒我們好。」

「不知道大姊有沒有想過要去認她的親人？」素瑛想到玉千里迢迢都要來認親，大姊是不是也有這個念頭。

素卿說：「以前阿姨偷偷跟我說大姊討厭回娘家去，我想她大概不想吧！」

「可惜，我現在愛上這種工作了，不然二姊，我們偷偷來幫她尋親好了，妳知道她的娘家住在哪裡，姓什麼？還有些什麼親人？」素瑛擺出高度好奇與熱心。

「素瑛，我們別雞婆了，不知道大姊會不會高興。」

「我們先保密啦，二姊，你知道什麼嗎？」

「啊，我記得了，爸爸過世時，遺產稅不是都由我辦嗎，那時候我申請每個人的戶籍謄本，大姊的原始資料好像都有。」

「在哪裡，快找出來看！」素瑛急得跟什麼一樣。

「糟糕，這麼多年了，不知道還在不在？我要回家找找看。」

　　素瑛馬上催著素卿回到家，兩個人翻箱倒櫃，活像小偷，終於在一個紙袋裡找到。翻開一看，兩個人簡直不敢相信，素雲的本名叫做邱美蓮，父母名字和美珠他們的一樣。

　　「難怪我看到美珠姊覺得面熟，原來她和我們大姊很像，她們兩個像媽媽，眼睛比較大，鼻子沒有塌塌的，天啊，太巧了，趕快把哥哥找來，告訴他這個天大的消息。」

　　素卿姊弟萬萬沒有想到，幫玉找親人會找出這種後果，尤其是素瑛和志林，現在才知道大姊是抱養來的，這個消息，他們突然不知道怎麼跟大姊報告，也不知道該不該告訴美珠他們，素雲就是他們的三妹美蓮。

　　他們決定先將玉可能是美珠的親妹妹的消息告訴素雲，看玉到時候要如何相認。結果玉透過素雲告訴他們，如果確定，素雲會陪玉回一趟台灣。素卿姊弟覺得這是大好機會，要好好安排一場「認親大會」。

　　玉知道尋親有了苗頭，就積極安排休假，並且準備辦護照，有些單位、手續她比較不熟，就拉著素雲跟她一起去。這一天，她們效率很好，辦完後，玉請素雲到一家中國餐館，要好好打牙祭，並且努力學拿筷子。等菜的時間，玉半生不熟地念著菜單，不會的字就當場請教素雲，不過她發現素雲心不在焉。直爽的她直接問素雲是不是有心事？

　　素雲推說沒有。玉不死心，她說以她和素雲的熟悉度看來，素雲一定有心事，如果沒有把心事告訴她，就是不把她當

朋友看。玉怕素雲碰到困難不肯講，又沒有人可以幫忙，到時候出什麼問題可不好。

素雲長長地嘆了一口氣，才把她自己的身世講給玉聽，也把自己想尋親又害怕又矛盾的心情講出來。

「Go ahead！」是玉衝口而出的第一句話。接著她說出自己其實也有些顧慮，害怕親人並不如想像中那麼想要與她相認，可是她不斷告訴自己，不做永遠會後悔，所以就不計後果去做了。

「結果怎樣對我們沒有損失啊，反正我就是回到一個人的生活嘛！妳呢，妳也不會因此而失去弟妹或兒女啊！」玉最後下個結論。

素雲想想也對，她判斷大妹應該知道她是抱養來的，也許其他弟妹早就知道，只是大家心照不宣而已。

受到玉的鼓勵，那一晚素雲徹夜未眠，在書桌前寫這封難以下筆的家書。許久沒有用紙筆寫信了，平常她用e-mail和家人通信，緊急的事直接打電話，沒想到筆似有千斤重，她打了好久的草稿。最後，她寫了一封文情並茂的信，除了感謝弟妹待她如親姊姊以外，還提出她想跟玉一樣，看能不能找到自己的親人。

素卿姊弟一邊多找資料確定素雲、玉和美珠她們的姊妹關係，一邊設想如何告訴素雲這件事。沒想到素雲的信寄來了，他們好雀躍，約了美珠姊妹，把這個大好消息宣布出來。美珠他們簡直不敢相信，世界上竟然有這麼巧合的事。他們都恨不

得趕緊和那兩個姊妹相認，素卿姊弟卻想給素雲一個意外的驚喜，於是他們講好先確定玉的身分，但是把素雲的身分保密，等她們回來，再給她們一個驚喜。

素雲把兒女交代給如真，就和玉搭上飛機回台灣。素卿說他們姊弟已經為她展開尋親行動了，很安慰弟妹把她的事當自己的事，她想玉都能找到親人了，何況是她！對大姊她還有點印象，因為家人都說她像大姊，可惜那時候她回家都不正眼看人，更討厭人家說她像誰，真是幼稚啊！

在飛機上，玉拿一面小鏡子照來照去，還說幸好沒有去把鼻子墊高，因為素瑛說她的鼻子像二姊。玉像一隻小鳥吱吱喳喳，素雲心情也很愉快，據素瑛的報告，也許她也能和親人相認呢！

出了機場的門，素雲看到素卿、素瑛、志林姊弟向她們走過來，有兩年沒見了，姊弟們相互擁抱一番，這才忙不迭地把玉介紹給他們，他們笑說一看就知道。玉哈哈大笑說：「是不是因為我這個鼻子？」

「還有更多好笑的，我們趕快去妳姊姊家吧！」素瑛意有所指地說。可惜素雲沒聽出來，她還納悶為何玉的親人沒來接機，今天的相認大會，他們才是主角啊！

志林開了休旅車，要把她們載到玉的小弟家，素卿說玉的姊弟已經在家裡恭候了。一路上素瑛沒講什麼話，只是一直從車上的鏡子偷窺素雲，弄得素雲以為素瑛不諒解她也想要認親。

素卿忽然沒頭沒腦地問一句：「大姊，妳和玉差幾歲？」

「好像我大她兩歲吧，怎麼，我看起來很老嗎？」素雲前些日子的確老很多，和玉認識後，受玉的感染，人家說她年輕多了。

「沒有的事，大姊永遠年輕漂亮。」志林也說話了。

素雲故意白他一眼說：「聽說你交了新的女朋友，難怪嘴巴變甜了。」

玉說：「素雲，我好希望我的姊姊弟弟和妳的姊姊弟弟一樣好。」

素瑛搶著說：「玉，不對，應該叫妳美玉，妳的姊姊弟弟都很好。」

「對對對，真的很好，等一下妳會有一個大大的surprise。」素卿接著說。

玉在胸口畫了個十字說：「Thank God！」

終於，相見的時刻到了，一出電梯大門，有一戶人家門戶大開，還張燈結綵哩，門口早已站一排人！素雲看到這大陣仗，心中放下一顆石頭，這表示玉的家人欣然接受她來相認。

素卿迎上去先介紹了一下，玉一一上前擁抱，然後，他們連聲請進，大家擁擁擠擠地進去，玉的大姊已經當了阿嬤，好奇的年輕一輩和小孩也介紹了。素卿這時候把素雲和玉拉出來，並且請美珠、美枝、阿明姊弟和她們站在一起，說：「看，這五個兄弟姊妹像不像？」

素雲忙說：「素卿，妳搞錯了，我不是——」

素雲沒說完，其他親人都指指點點，說：「像像像，這三個比較像，那兩個比較像。」

這當兒，素雲被推到美珠和阿明中間，一副丈二金剛摸不著頭緒的模樣。今天是玉的認親日，跟她無關啊！

玉也莫名其妙，可是她看看美珠，再看看素雲，說：「You are sisters！」然後摸摸頭，對素雲說：「We are sisters too！」

最後，大家坐下來，經過素瑛跟她們解釋一番，終於搞清楚了，這時候素雲不知怎的止不住哭了起來，於是幾個姊妹又哭又笑了好一陣子。

素雲對素卿他們說：「你們早知道我和玉是姊妹，怎麼沒早說？」

「大姊，這件事太戲劇化了，如果先告訴妳們，妳們很難相信，而且讓你們在美國就相認太不熱鬧了，我們才想出這個辦法。」

玉說：「我喜歡，曾經有美國的朋友說我和素雲很像，我以為他們外國人看我們東方人都一樣，沒放在心上。」

素雲也急著說：「我的好朋友如真也說過玉和我很像，我還拿長相來比較，證明我們不像。」

「同一家人味道還是有點像，還好玉和我像，不然我就太孤單了！」美枝接著說。

美珠帶領弟妹在祖宗牌位前燒香，跟爸媽說他們姊弟終於相聚了，希望爸媽在天上也能感到安慰。

　　素雲的感慨最深，她變成全天下最幸福的人，有兩個娘家可以回，而且，在美國還有玉這個親妹妹。很慶幸當時勇敢跨出第一步，找工作；接著，跨出第二步——找親人，結果有了工作，還找到一串親人，她的世界踏踏實實的了。

國家圖書館出版品預行編目

爾虞我詐 / 康逸藍著. -- 一版. -- 臺北市 ：
秀威資訊科技, 2008.01
　　面； 公分. --（語言文學類；PG0170）

ISBN 978-986-6732-63-8（平裝）

857.7　　　　　　　　　　　96025590

 語言文學類　PG0170

爾虞我詐

作　　者 / 康逸藍
發 行 人 / 宋政坤
執行編輯 / 詹靚秋
圖文排版 / 郭雅雯
封面設計 / 蔣緒慧
數位轉譯 / 徐真玉　沈裕閔
圖書銷售 / 林怡君
法律顧問 / 毛國樑　律師
出版印製 / 秀威資訊科技股份有限公司
　　　　　台北市內湖區瑞光路583巷25號1樓
　　　　　電話：02-2657-9211　　傳真：02-2657-9106
　　　　　E-mail：service@showwe.com.tw
經 銷 商 / 紅螞蟻圖書有限公司
　　　　　台北市內湖區舊宗路二段121巷28、32號4樓
　　　　　電話：02-2795-3656　　傳真：02-2795-4100
　　　　　http://www.e-redant.com

2008 年 1 月　BOD 一版
定價： 300 元

讀 者 回 函 卡

感謝您購買本書，為提升服務品質，煩請填寫以下問卷，收到您的寶貴意見後，我們會仔細收藏記錄並回贈紀念品，謝謝！

1. 您購買的書名：＿＿＿＿＿＿＿＿＿＿＿＿＿＿＿＿＿

2. 您從何得知本書的消息？

　　□網路書店　　□部落格　　□資料庫搜尋　　□書訊　　□電子報　　□書店

　　□平面媒體　　□ 朋友推薦　　□網站推薦　□其他＿＿＿＿＿

3. 您對本書的評價：(請填代號　1.非常滿意 2.滿意 3.尚可 4.再改進)

　　封面設計＿＿＿　版面編排＿＿＿　內容＿＿＿　文/譯筆＿＿＿　價格＿＿＿

4. 讀完書後您覺得：

　　□很有收獲　　□有收獲　　□收獲不多　　□沒收獲

5. 您會推薦本書給朋友嗎？

　　□會　□不會，為什麼？＿＿＿＿＿＿＿＿＿＿＿＿＿＿＿＿＿

6. 其他寶貴的意見：＿＿＿＿＿＿＿＿＿＿＿＿＿＿＿＿＿

　　＿＿＿＿＿＿＿＿＿＿＿＿＿＿＿＿＿＿＿＿＿＿＿＿＿＿＿

　　＿＿＿＿＿＿＿＿＿＿＿＿＿＿＿＿＿＿＿＿＿＿＿＿＿＿＿

　　＿＿＿＿＿＿＿＿＿＿＿＿＿＿＿＿＿＿＿＿＿＿＿＿＿＿＿

讀者基本資料

姓名：＿＿＿＿＿＿＿＿＿　年齡：＿＿＿＿　性別：□女 □男

聯絡電話：＿＿＿＿＿＿＿＿　E-mail：＿＿＿＿＿＿＿＿＿＿

地址：＿＿＿＿＿＿＿＿＿＿＿＿＿＿＿＿＿＿＿＿＿＿＿＿＿

學歷：□高中(含)以下　　□高中　　□專科學校　　□大學

　　　□研究所(含)以上 □其他＿＿＿＿＿＿＿

職業：□製造業 □金融業 □資訊業 □軍警 □傳播業 □自由業

　　　□服務業 □公務員 □教職　□學生 □其他＿＿＿＿＿

To：114

台北市內湖區瑞光路 583 巷 25 號 1 樓

秀威資訊科技股份有限公司　　　收

寄件人姓名：

寄件人地址：□□□

（請沿線對摺寄回,謝謝!）

秀威與 BOD

BOD（Books On Demand）是數位出版的大趨勢,秀威資訊率先運用 POD 數位印刷設備來生產書籍,並提供作者全程數位出版服務,致使書籍產銷零庫存,知識傳承不絕版,目前已開闢以下書系：

一、BOD 學術著作—專業論述的閱讀延伸
二、BOD 個人著作—分享生命的心路歷程
三、BOD 旅遊著作—個人深度旅遊文學創作
四、BOD 大陸學者—大陸專業學者學術出版
五、POD 獨家經銷—數位產製的代發行書籍

BOD 秀威網路書店：www.showwe.com.tw
政府出版品網路書店：www.govbooks.com.tw

永不絕版的故事・自己寫・永不休止的音符・自己唱